*** Medusas Haar ***

Thomas M. Meine

Medusas Haar

nach dem Buch
Medusa's Coil
von
Howard Phillips Lovecraft
und
Zelia Bishop

ersmals erschienen im Jahre 1939 in 'Weird Tales'

Bibliografische Information der Deutschen Nationalbibliothek

Die Deutsche Nationalbibliothek verzeichnet diese Publikation in der
Deutschen Nationalbibliografie; detaillierte bibliografische Daten

sind im Internet über http://dnb.dnb.de abrufbar.

Herstellung und Verlag:
BoD – Books on Demand, Norderstedt
Alle Rechte vorbehalten
Juni 2023
ISBN 9 783757 816551

INHALT

Vorwort

Diese Kurzgeschichte erschien im Jahre 1939 (zwei Jahre nach dem Tod von H.P. Lovecraft) in 'Weird Tales', einem Magazin, das sich auf Horror- und übernatürliche Geschichten spezialisiert hatte. Solche Magazine wurden kurz 'Pulp' genannt und hatten Ende des 19. Jahrhunderts, Anfang des 20. Jahrhunderts, ihre Blütezeit; mehr als das, es wurden die Grundlagen für dieses Genre gelegt. Besonders in den 1930er bis 1950er-Jahren wurden sie immer beliebter. Der Begriff 'Pulp entstammt dem englischen Wort 'pulp' (Holzbrei), ein Hinweis auf einfaches, sehr holzhaltiges Papier und die damit zusammenhängende billige Herstellung. 'Pulp' wurde von Kritikern gerne als Trivial- oder gar Schundliteratur bezeichnet. Was auch immer, wer unkomplizierte aber dennoch packende Unterhaltung mag, der kann sich an den zahlreichen, oft nur wenige Seiten kurzen Geschichten erfreuen; auf alle Fälle wird keine Zeit verschwendet, um nach Hunderten von Seiten eines dicken Buches festzustellen, dass es doch nicht der 'Knüller' war, der den Aufwand gelohnt hat.

Die Idee für den Plot (das Handlungsgerüst) wird bei diesen Kurzgeschichten nicht endlos gestreckt, politisiert, 'soziologiert', überfrachtet oder gar ausgeleiert, sondern kurz und spannend erzählt.

Die Geschichte ist bereits im Jahre 1930 entstanden, wurde aber von den Verlagen rundweg abgelehnt, nicht etwa wegen des Inhalts als solchem, sondern wegen der schlechten Qualität des Geschriebenen. Die Schriftstellerin Zelia Bishop hatte sich dann der Geschichte nach dem Tod von H.P. Lovecraft angenommen.

Was manche Passagen anbelangt, so würde man, aus heutiger Sicht, darin wohl einen dreisten, offenkundigen und schonungslosen Rassismus erkennen wollen – ein Vorwurf, der H.P. Lovecraft immer wieder gemacht wird. Er hatte eine Phobie gegenüber allem Fremden, vom andersfarbigen Nachbarn bis hin zu den Außerirdischen. Dabei werden die Dinge aber auch oft übertrieben. Obwohl recht plump, kommt in dieser Hinsicht manches in seinen Büchern so komisch daher, dass sich es wieder relativiert.

Bei der Übersetzung wurde das Original etwas entschärft, aber ohne dabei einen Mohrenkopf zum 'schokoladenüberzogenen gesüßten Eiweißschaum' zu machen.

Lovecraft ist der Begründer des Cthulhu-Mythos. Es handelt sich um erdachte Personen, Wesenheiten, Orte und Geschichten. Außerirdische Kräfte 'die Großen Alten' sind aus entfernten Galaxien zu uns gekommen, gottgleich und unsterblich. Mit seinem Sternengezücht erbaute Cthulhu die Stadt R'ylyeh, wo er immer noch schläft. Sein Erwachen wird das Ende der Menschheit markieren. Wir finden diesen Hintergrund immer wieder in vielen seiner Geschichten – wie auch in dieser.

Medusas Haar

Die Fahrt nach Cape Girardeau hatte mich durch unbekanntes Land geführt, und als sich das Licht des späten Nachmittags in einen goldenen, fast traumhaften Schimmer verwandelte, wurde mir klar, dass ich eine Wegbeschreibung brauchte, wenn ich die Stadt noch vor der Nacht erreichen wollte.

Ich hatte keine Lust, nach Einbruch der Dunkelheit in den kahlen Ebenen des südlichen Missouri herumzuirren, denn die Straßen waren schlecht und die Novemberkälte in einem offenen Roadster ziemlich unangenehm. Am Horizont zogen nun auch schwarze Wolken auf, und so suchte ich zwischen den langen grauen und blauen Schatten, die sich über die flachen bräunlichen Felder zogen, nach einem Haus, in der Hoffnung, dort die nötigen Informationen zu finden.

Es war eine einsame und verlassene Gegend, aber schließlich erspähte ich ein Dach in einer Baumgruppe in der Nähe des kleinen Flusses zu meiner Rechten, vielleicht eine halbe Meile von der Straße entfernt und wahrscheinlich über einen Weg oder eine Straße zu erreichen, auf die ich bald stoßen würde. In Ermangelung eines näher gelegenen Anwesens beschloss ich, dort mein Glück dort zu versuchen.

Ich war froh, als ich durch die Büsche am Straßenrand hindurch die Ruine eines steinernen Tores entdeckte, das mit vertrockneten, abgestorbenen

Weinranken bedeckt und von Gestrüpp überwuchert war. Das erklärte, warum ich bei meinem ersten Blick in die Ferne den Weg durch die Felder nicht hatte finden können. Mir war sofort klar, dass ich mit dem Auto nicht hineinfahren konnte, also parkte ich es sehr vorsichtig in der Nähe des Tores – wo es ein dichtes, überhängendes Immergrün vor dem Regen schützen würde – und machte mich auf den langen Weg zum Haus.

Als ich in der hereinbrechenden Dämmerung auf diesem von Gestrüpp umsäumten Weg entlangging, spürte ich deutlich eine düstere Vorahnung, die wahrscheinlich durch den Eindruck des mir unheimlich erscheinenden Verfalls hervorgerufen wurde, der über dem Tor und der ehemaligen Einfahrt schwebte.

Aus den Steinmetzarbeiten an den alten Steinsäulen schloss ich, dass dieser Ort einst ein herrschaftliches Anwesen gewesen war. Ich konnte deutlich erkennen, dass die Einfahrt ursprünglich von Linden umsäumt war, von denen einige abgestorben waren, während andere in dem wilden Pflanzenwuchs der Umgebung ihre besondere Identität verloren hatten.

Als ich weiterging, verfingen sich Dornen und Stacheln in meiner Kleidung, und ich begann mich zu fragen, ob dieser Ort überhaupt bewohnt sein konnte. War ich auf einer vergeblichen Suche?

Für einen Moment dachte ich daran, umzukehren und es bei einem weiter entfernten Bauernhof zu versuchen, als ein Blick auf das Haus meine Neugier weckte und meinen Unternehmungsgeist anstachelte.

Der von Bäumen bewachsene, baufällige Haufen vor mir hatte etwas aufregend Faszinierendes an sich, zeugte er doch von der Anmut und Großzügigkeit einer vergangenen Epoche und einer weit südlicher gelegenen Umgebung.

Es war ein typisches hölzernes Plantagenhaus im klassizistischen Stil des frühen 19. Jahrhunderts, mit zweieinhalb Stockwerken und einem großen ionischen Säulengang, dessen Pfeiler bis zum Dachboden reichten und einen dreieckigen Giebel trugen. Der Verfall war extrem und offensichtlich.

Eine der großen Säulen war verrottet und zu Boden gestürzt, während die obere Veranda bzw. der Balkon gefährlich tief abgesackt war. Ich nahm an, dass in der Nähe früher noch andere Gebäude gestanden hatten.

Als ich die breiten Steinstufen zu der sich neigenden Veranda und der geschnitzten Tür mit den vier Fenstern hinaufstieg, fühlte ich mich ziemlich nervös und wollte mir gerade eine Zigarette anzünden, was ich jedoch unterließ, als ich sah, wie trocken und brennbar alles um mich herum war.

Obwohl nun fest davon überzeugt, dass das Haus verlassen war, zögerte ich dennoch, seine Würde zu verletzen, wenn ich ohne anzuklopfen eintreten würde. Also zog ich an dem rostigen eisernen Türklopfer, bis er sich bewegte, und ließ schließlich ein leises Klopfen ertönen, das das ganze Haus zu erschüttern schien.

Es kam keine Antwort, aber ich klopfte noch einmal mit dem schweren, knarrenden Gerät, um das Gefühl der unheiligen Stille und Einsamkeit zu vertreiben und einen möglichen Bewohner der Ruine zu wecken.

Irgendwo in der Nähe des Flusses hörte ich den klagenden Ruf einer Taube, und es schien, als ob das fließende Wasser selbst leise zu hören wäre.

Fast wie im Traum griff ich nach dem alten Riegel, rüttelte daran und versuchte schließlich mit aller Kraft, die riesige Tür mit ihren sechs Paneelen zu öffnen. Sie war unverschlossen, wie ich sofort bemerkte, und obwohl sie in den Angeln klemmte und quietschte, gelang es mir, sie aufzustoßen und dabei in eine große, abgedunkelte Halle einzutreten.

Doch in dem Moment, in dem ich diesen Schritt tat, bereute ich es. Es war nicht so, dass mir in dieser dunklen, staubigen Halle mit den gespenstischen Empire-Möbeln eine Legion von Gespenstern entgegenkam, aber ich wusste sofort, dass der Ort nicht verlassen war. Auf der großen Wendeltreppe hörte ich ein Knarren und das Geräusch zögernder Schritte, die sich langsam nach unten bewegten. Dann sah ich eine große, gebeugte Gestalt, die sich für einen Augenblick gegen das große palladianische Fenster auf dem Treppenabsatz abzeichnete.

Der erste Schreck war schnell überwunden, und als die Gestalt die letzte Stufe hinunterkam, hatte ich mich wieder so weit im Griff, dass ich den Hausherrn begrüßen konnte, in dessen Privatsphäre ich eingedrungen war. Im Halbdunkel sah ich, wie er in seiner Tasche nach einem Streichholz suchte. Es flackerte, als er eine kleine Petroleumlampe anzündete, die auf einem wackeligen Konsoltisch am Fuße der Treppe stand. Der schwache Schein offenbarte die gebeugte Gestalt eines sehr großen, ausgemergelten alten Mannes, unordentlich gekleidet und unrasiert, aber mit der Haltung und dem Ausdruck eines Gentlemans.

Ich wartete nicht, bis er etwas sagte, sondern begann sofort, meine Anwesenheit zu erklären.

»Entschuldigen Sie, dass ich einfach so hereinkomme, aber da mein Klopfen unbeantwortet blieb, nahm ich an, dass hier niemand wohnt. Ich wollte nur nach dem kürzesten Weg nach Cape Girardeau fragen. Ich wollte vor Einbruch der Dunkelheit dort sein, aber jetzt ... «

Als ich innehielt, sprach der Mann genau in dem kultivierten Ton, den ich erwartet hatte, und mit einem weichen Akzent, der so unverkennbar südländisch war wie das Haus, in dem er wohnte.

»Nein«, sagte er. »Vielmehr müssen Sie mir verzeihen, dass ich Ihr Klopfen nicht eher erwidert habe. Ich lebe sehr zurückgezogen und erwarte normalerweise keinen Besuch. Zuerst dachte ich, Sie seien nur ein Neugieriger, der mich besuchen wollte. Als Sie erneut klopften, wollte ich antworten, aber mir geht es nicht gut und ich kann mich wegen einer Rückenmarksentzündung nur sehr langsam bewegen – eine sehr lästige Angelegenheit.«

»Vor Einbruch der Dunkelheit in die Stadt zu kommen, ist unmöglich«, fuhr er fort. »Die Straße, auf der Sie sich befinden, ist weder die beste noch die kürzeste. Man muss die erste Straße links nach dem Tor nehmen. Es gibt drei oder vier Wege für Pferdekarren, die man ignorieren kann, aber man kann die richtige Straße nicht verfehlen, weil genau gegenüber auf der rechten Seite ein großer Weidenbaum steht. Wenn man einmal abgebogen ist, fährt man an zwei Straßen vorbei und biegt an der dritten rechts ab. Dann – «

Verblüfft über diese detaillierten Anweisungen, die für einen völlig Fremden ziemlich verwirrend waren, konnte ich nicht anders, als ihn zu unterbrechen.

»Ich bitte um Verzeihung, aber wie soll ich all diesen Hinweisen in stockfinsterer Nacht folgen, ohne je in der Gegend gewesen zu sein und nur mit ein paar mittelmäßigen Scheinwerfern, die mir zeigen sollen, was eine Straße ist und was nicht? Außerdem glaube ich, dass bald ein Gewitter aufzieht, und mein offenes Auto hat kein Verdeck.«

»Es sieht so aus, als säße ich in der Klemme, wenn ich es heute Abend noch nach Cape Girardeau schaffen will. Ich denke, ich sollte es gar nicht erst versuchen. Ich möchte mich nicht aufdrängen, aber könnten Sie mir unter den gegebenen Umständen ein Nachtlager anbieten? Ich werde keine Umstände machen. Geben Sie mir einfach eine Ecke zum Schlafen, bis es hell wird, und ich bin zufrieden.«

»Den Wagen kann ich auf der Straße stehen lassen«, fügte ich hinzu, »wo er jetzt ist; das nasse Wetter wird ihm dort nichts anhaben.«

Als ich meine plötzliche Bitte vortrug, konnte ich sehen, wie das Gesicht des alten Mannes seinen früheren Ausdruck gelassener Resignation verlor und einen seltsamen, überraschten Ausdruck annahm.

»Hier schlafen?«

Er schien so erstaunt über meine Bitte, dass ich sie wiederholte.

»Ja, warum nicht? Ich versichere Ihnen, dass ich keine Schwierigkeiten machen werde. Was soll ich denn sonst tun? Ich bin fremd hier, die Straßen sind im Dunkeln ein Labyrinth, und ich wette, dass es in einer Stunde in Strömen regnen wird – «

Diesmal war mein Gastgeber an der Reihe, mich zu unterbrechen, und als er es tat, spürte ich eine besondere Art in seiner tiefen, musikalischen Stimme.

»Ein Fremder – natürlich sind Sie das, sonst würden Sie nicht daran denken, hier zu schlafen. Sie würden überhaupt nicht daran denken, hierherzukommen. Heutzutage kommt niemand mehr in dieses Haus.«

Er hielt inne, und mein Wunsch zu bleiben wurde vvielfach durch das Gefühl des Geheimnisvollen verstärkt, das seine kurzen Worte hervorzurufen schienen.

Etwas war seltsam an diesem Ort, und der allgegenwärtige modrige Geruch schien tausend Geheimnisse zu verbergen.

Wieder fiel mir auf, wie heruntergekommen alles um mich herum war, was sich sogar in den schwachen Strahlen der einzigen kleinen Petroleumlampe widerspiegelte.

Ich fröstelte entsetzlich und sah mit Bedauern, dass es keine Heizung zu geben schien, aber meine Neugier war so groß, dass ich sehnlichst wünschte, zu bleiben und etwas über den Einsiedler und seine düstere Behausung zu erfahren.

»Sie können bleiben, wenn Sie das wirklich wollen, und es kann Ihnen, soweit ich weiß, nichts passieren. Andere behaupten, es gäbe hier bestimmte, besonders unerwünschte Einflüsse. Was mich betrifft, ich bleibe, weil ich es muss.«

Noch neugieriger geworden, war ich bereit, meinen Gastgeber beim Wort zu nehmen, und folgte ihm langsam die Treppe hinauf, als er mich dazu aufforderte.

Es war jetzt sehr dunkel geworden, und das leise Prasseln draußen verriet mir, dass der drohende Regen gekommen war. Ich war froh über jeden Unterschlupf, aber dieser hier war mir doppelt willkommen, denn das Haus und sein Herr hatten etwas Geheimnisvolles an sich. Für einen unverbesserlichen Liebhaber des Grotesken hätte es keinen passenderen Flecken geben können.

Es gab ein Eckzimmer im zweiten Stock, das weniger vernachlässigt war als der Rest des Hauses, und in dieses führte mich mein Gastgeber, der seine kleine Petroleumlampe abstellte und eine etwas größere anzündete. Die Sauberkeit und der Inhalt des Zimmers sowie die an den Wänden aufgereihten Bücher zeigten mir, dass ich nicht zu Unrecht vermutet hatte, dass es sich um einen Gentleman von Geschmack und Bildung handelte.

Er war zweifellos ein Einsiedler und Exzentriker, aber er hatte auch intellektuelle Ansprüche und Interessen. Als er mich zu einem Platz winkte, begann ich ein Gespräch über allgemeine Themen und war froh, dass er keineswegs wortkarg war. Er schien es sogar zu genießen, mit jemandem zu reden, und versuchte nicht, im Gespräch von persönlichen Themen abzulenken.

Ich erfuhr, dass es sich bei ihm um einen gewissen Antoine de Russy handelte, der aus einer alten, mächtigen und kultivierten Linie von Louisiana-Pflanzern entstammte. Vor mehr als einem Jahrhundert war sein Großvater, einer der jüngeren Söhne der Familie, in den Süden von Missouri ausgewandert und hatte dort in der verschwenderischen Art seiner Vorfahren ein neues Anwesen errichtet, das mit Säulen versehen und mit allem Drum und Dran einer großen Plantage ausgestattet war.

Früher lebten bis zu zweihundert Neger in den Hütten auf dem flachen Gelände hinter dem Haus, das heute vom Fluss überflutet wird. Sie nachts singen, lachen und Banjo spielen zu hören, bedeutete, den ganzen Charme einer Zivilisation und Gesellschaftsordnung zu erleben, die heute leider untergegangen ist.

Vor dem Haus, wo die großen, schützenden Eichen und Weiden standen, befand sich ein Rasen wie ein breiter grüner Teppich, der stets bewässert und getrimmt worden war und durch den sich gepflasterte, von Blumen umrankte Wege schlängelten. Riverside (so wurde der Ort genannt) war zu seiner Zeit ein wunderschönes und idyllisches Gehöft gewesen, und mein Gastgeber konnte sich noch an die Zeit erinnern, als noch viele Spuren seiner besten Tage vorhanden waren.

Es regnete jetzt in Strömen, dicke Wassermassen prasselten auf das undichte Dach, die unsicheren Mauern und die Fenster und tröpfelten durch tausend Ritzen und Spalten. An vielen Stellen sickerte die Feuchtigkeit auf den Boden, und draußen rüttelte der aufkommende Wind an den morschen, losen Fensterläden. Aber all das kümmerte mich nicht, und ich dachte auch nicht an meinen Roadster draußen unter den Bäumen, denn ich spürte, dass eine besondere Erfahrung auf mich wartete.

In seinen Erinnerungen schwelgend, machte mein Gastgeber immer wieder Anstalten, mir das Schlafquartier zu zeigen, hielt aber stets inne und erinnerte sich an frühere, bessere Zeiten. Ich ahnte, dass ich bald erfahren würde, warum er allein an diesem alten Ort lebte und warum seine Nachbarn diesen für einen Ort voller unerwünschter Einflüsse hielten.

Seine Stimme war sehr musikalisch, als er weitersprach, und seine Erzählung nahm bald eine Wendung, die mir keine Chance ließ, schläfrig zu werden.

»Ja, Riverside wurde 1816 erbaut, und mein Vater wurde 1828 hier geboren. Er starb jung, so jung, dass ich mich kaum noch an ihn erinnern kann. Im Jahr '64 wurde er im Krieg getötet – Seventh Louisiana Infantry, C.S.A. – denn er war vorher in seine alte Heimat zurückgekehrt, um sich freiwillig zu melden.«

»Mein Großvater war zu alt, um zu kämpfen, doch er wurde fünfundneunzig Jahre alt und half meiner Mutter, mich großzuziehen. Eine gute Erziehung, das muss ich den beiden lassen. Wir hatten immer starke Traditionen, hohe Ehrvorstellungen, und mein Großvater sorgte dafür, dass ich so aufwuchs, wie die de Russys seit den Kreuzzügen, Generation für Generation, aufgewachsen waren.«

»Wir waren finanziell nicht ganz am Boden und kamen nach dem Krieg sehr gut zurecht. Ich besuchte eine gute Schule in Louisiana und danach in Princeton. Später war ich in der Lage, die Plantage auf eine recht profitable Basis zu stellen, aber Sie sehen ja, was daraus geworden ist.«

»Meine Mutter ist gestorben, als ich zwanzig war, und mein Großvater zwei Jahre später. Danach war ich ziemlich einsam, und '85 heiratete ich eine entfernte

Cousine in New Orleans. Vielleicht wäre alles anders gekommen, wenn sie noch gelebt hätte, aber sie starb, als mein Sohn Denis geboren wurde. Danach hatte ich nur noch ihn. Ich habe nicht versucht, noch einmal zu heiraten, sondern habe meine ganze Zeit dem Jungen gewidmet.«

»Er war wie ich, wie alle de Russys, dunkelhaarig, groß und schlank, und er hatte ein höllisches Temperament. Ich habe ihm die gleiche Ausbildung ermöglicht, die mein Großvater mir hat zuteilwerden lassen, aber er brauchte nicht viel Erziehung, wenn es um Ehrenfragen ging. Es war in ihm.«

»Ich habe noch nie so viel Temperament gesehen – und ich konnte ihn gerade noch davon abhalten, in den Spanischen Krieg zu ziehen, als er gerade mal 11 Jahre war!«

»Er war auch ein romantischer junger Teufel, voller hochtrabender Ideen – heute würde man sie viktorianisch nennen – und es war nicht schwer, ihn dazu zu bringen, sich nicht mit den Negerfrauen einzulassen. Ich habe ihn auf dieselbe Schule geschickt, auf die ich gegangen war, und auch nach Princeton. Er war im Jahrgang von 1909.«

»Schließlich hatte er beschlossen, Arzt zu werden, und hat ein Jahr an der Harvard Medical School verbracht.«

»Dann hatte er die Idee, der alten französischen Familientradition zu folgen, und hat mich überredet, ihn an die Sorbonne zu schicken. Ich habe es voller Stolz getan, obwohl ich wusste, wie einsam ich sein würde, wenn er so weit weg war. Ich wünschte heute, ich hätte es nicht getan!«

»Damals dachte ich, der Junge sein in Paris vollkommen sicher. Er hatte ein Zimmer in der Rue St. Jacques – das ist in der Nähe der Universität im Quartier Latin – aber seinen Briefen und Freunden zufolge verkehrte er überhaupt nicht mit den ausgelassenen Burschen. Diejenigen, die er kannte, waren meist junge Leute aus seiner Heimat – ernsthafte Studenten und Künstler, die mehr an ihre Arbeit dachten als an auffälliges Gehabe und daran, die Stadt aufzumischen.«

»Natürlich hat es eine Menge Leute gegeben, die sich auf einer Art Trennlinie zwischen ernsthaftem Studium und dem Teufel befunden haben: die Schöngeister, die Dekadenten, die Experimentierer mit dem Leben und dem Gefühl; die poetisch veranlagten. Selbstverständlich hat Denis auch viele von ihnen getroffen und ihr Leben kennengelernt. Sie hatten alle möglichen verrückten Zirkel und Kulten – imitierte Teufelsanbetung, falsche schwarze Messen und dergleichen. Ich bezweifle, dass es ihnen im Großen und Ganzen viel geschadet hat – wahrscheinlich haben die meisten es nach ein oder zwei Jahren wieder vergessen.«

»Einer, der am tiefsten in diese seltsamen Dinge verstrickt war, war ein Junge, den Denis von der Schule her kannte – und dessen Vater ich selbst kennengelernt habe: Frank Marsh, aus New Orleans, Schüler von Lafcadio Hearn und Gauguin und Van Gogh – regelrechter Inbegriff der 'Gelben Neunziger'*. Armer Teufel – er hatte das Zeug zu einem großen Künstler.«

[* Yellow Ninities' = 'Gelbe Neunziger'. Kleine gelbe Zeitschriften, die in den 1890er Jahren in Großbritannien hergestellt und vierteljährlich herausgegeben wurden und das Jahrzehnt mit ihrer sexuell provokativen und sozial konträren Kunst und Literatur einleiteten]

»Marsh war der älteste Freund, den Denis in Paris hatte, und so trafen sie sich natürlich oft, um über die alten Zeiten an der St. Clair Academy und alles andere zu sprechen. Der Junge hat mir viel über ihn geschrieben, und ich fand es nicht schlimm, als er mir von der Gruppe der Mystiker erzählte, mit denen Marsh verkehrte.«

»Anscheinend gab es irgendeinen Kult prähistorischer ägyptischer und karthagischer Magie, der unter den Bohemiens am linken Ufer wütete; irgendeine absurde Sache, die vorgab, auf vergessene Quellen verborgener Wahrheit in verlorenen afrikanischen Zivilisationen zurückzugreifen – das große Simbabwe und tote atlantische Städte in der Hoggar-Region der Sahara – und die eine Menge unsinniges Zeug mit Schlangen und menschlichem Haar verband. Zumindest nannte ich es damals Unsinn.«

»Denis hat Marsh zitiert, der seltsame Dinge über die verborgenen Tatsachen hinter der Legende von Medusas schlangenartigen Locken sagte – und hinter dem späteren ptolemäischen Mythos von Berenike, die ihr Haar opferte, um ihren Mann-Bruder zu retten, und es als Sternbild 'Haar der Bernike' am Himmel erscheinen ließ. Ich glaube nicht, dass Denis davon besonders beeindruckt war, bis er am Abend des seltsamen Rituals in den Räumen von Marsh der Priesterin begegnete.«

»Die meisten Anhänger dieses Kults waren junge Leute, aber das Oberhaupt war eine junge Frau, die sich Tanit-Isis nannte, wobei sie verraten hatte, dass ihr richtiger Name – ihr Name in dieser letzten Inkarnation, wie sie sagte – Marceline Bedard war. Sie hat behauptet, die uneheliche Tochter des Marquis de Chameaux zu sein, und war wohl eine kleine Künstlerin als auch ein Modell für andere Künstler, bevor sie diesen lukrativeren magischen Beruf ergriff.«

»Jemand hat gesagt, dass sie eine Zeit lang auf den Westindischen Inseln gelebt hat – Martinique, glaube ich – aber sie selbst war sehr verschlossen, was ihre Person betraf. Ein Teil ihrer Erscheinung war eine große Zurschaustellung von Strenge und Heiligkeit, aber ich glaube nicht, dass die erfahreneren Schüler das sehr ernst genommen haben.«

»Denis war jedoch alles andere als erfahren und hat mir ganze zehn Seiten über die Göttin geschrieben, die er entdeckt hatte. Hätte ich nur seine Einfältigkeit erkannt, hätte ich vielleicht etwas unternommen, aber ich dachte nie, dass eine solch kindliche Verliebtheit viel bedeuten könnte.«

»Ich war mir absurderweise sicher, dass Denis' empfindliche persönliche Ehre und sein Familienstolz ihn immer vor den schlimmsten Komplikationen bewahren würden.«

»Aber mit der Zeit fingen seine Briefe an, mich nervös zu machen.«

»Er erwähnte diese Marceline immer öfter und seine Freunde immer seltener und sprach von der 'grausamen und dummen Art', mit der sie sich weigerten, sie ihren Familien vorzustellen. Es schien so, als dass er ihr keine Fragen über sie selbst gestellt hat, und ich bezweifle nicht, dass sie ihn mit romantischen Legenden über ihre Herkunft und göttliche Offenbarungen und die Art und Weise, wie die Menschen diese vernachlässigten, überhäufte.«

Mit der Zeit konnte ich feststellen, dass Denis sein eigenes persönliches Umfeld völlig ausgeblendet hatte und den größten Teil seiner Zeit mit dieser verführerischen Priesterin verbrachte. Auf ihre besondere Bitte hin erzählte er der alten Clique nichts von ihren ständigen Treffen, sodass dort niemand versuchte, auf ihn und seine Affäre Einfluss zu nehmen.

»Ich nehme an, sie hielt ihn für märchenhaft reich, denn er hatte die Ausstrahlung eines Patriziers, und Leute einer bestimmten Klasse denken, dass alle aristokratischen Amerikaner reich sind. Auf jeden Fall hielt sie dies wahrscheinlich für eine seltene Gelegenheit, eine echte legale Verbindung mit einem passenden jungen Mann einzugehen.«

»Jedoch, als meine Nervosität zu groß wurde und ich ihm offen Ratschläge erteilen wollte, war es bereits zu spät: Der Junge hatte sie rechtmäßig geheiratet.«

»Er hat mir geschrieben, dass er sein Studium abbrechen und sie nach Riverside bringen würde. Er sagte, sie habe ein großes Opfer gebracht, indem sie die Leitung des magischen Kultes aufgegeben habe, und von nun an würde sie nur eine Dame aus gutem Hause sein – die zukünftige Herrin von Riverside und Mutter der nachfolgenden de Russys.«

»Nun, Sir, ich habe es akzeptiert, so gut ich konnte. Ich wusste, dass kultivierte Kontinentaleuropäer andere Maßstäbe haben als unsere alten Amerikaner, und außerdem wusste ich wirklich nichts Konkretes, was gegen die Frau sprechen würde.«

»Eine Scharlatanin vielleicht, aber warum unbedingt etwas Schlimmeres? Ich glaube, ich habe damals um des Jungen willen versucht, so unvoreingenommen wie möglich zu bleiben.«

»Natürlich konnte ein vernünftiger Mann nichts anderes tun, als Denis in Ruhe zu lassen, solange sich seine Frau den Gepflogenheiten der Familie de Russy anpasste. Sie sollte die Chance haben, sich zu beweisen – vielleicht würde sie der Familie nicht so viel Schaden zufügen, wie manche befürchten.«

»Ich erhob also keine Einwände und verlangte auch keine Entschuldigung von ihm. Die Sache war erledigt, und ich war bereit, den Jungen wieder aufzunehmen, was und wen immer er auch mitbringen würde.«

»Drei Wochen nach dem Telegramm, in dem die Heirat angekündigt hatte, sind sie hier angekommen. Marceline war wunderschön, und ich konnte gut nachvollziehen, dass der Junge verrückt nach ihr war. Sie hatte einen Hauch von adeliger Abstammung an sich, und ich glaube bis heute, dass sie einen gewissen Anteil an gutem Blut in sich trug. Offenbar war sie nicht viel älter als zwanzig, mittelgroß, ziemlich schlank und anmutig wie eine Tigerin in Haltung und Bewegung.«

»Ihr Teint war tief olivfarben, und ihre Augen waren groß und sehr dunkel. Sie hatte kleine, klassisch regelmäßige Züge, wenn auch für meinen Geschmack nicht ganz sauber geschnitten, und den eigenartigsten Kopf mit tiefschwarzem Haar, den ich je gesehen habe.«

»Ich war daher nicht überrascht, dass sie das Thema Haare in ihren magischen Kult einbezogen hatte, denn bei dieser üppigen Haarpracht muss ihr der Gedanke ganz natürlich gekommen sein. Mit hochgestecktem Haar sah sie aus wie eine orientalische Prinzessin auf einer Zeichnung von Aubrey Beardsley. Es hing ihr über den Rücken, reichte ihr bis zu den Knien und glänzte im Licht, als besäße es eine eigene, unheilige Vitalität. Beinahe hätte ich selbst an Medusa oder Berenike gedacht, ohne dass mir der Anblick und Studium dieser Locken dies suggeriert hätte.«

»Manchmal hatte ich den Eindruck, dass es sich ein wenig von selbst bewegte und dazu neigte, sich in verschiedenen Strängen oder Strähnen zu ordnen, aber vielleicht war das nur eine Illusion. Sie bürstete es unablässig und schien es mit einer Art Präparat zu bearbeiten. Einmal kam mir der Gedanke, eine seltsame, skurrile Vorstellung, dass es sich um ein Lebewesen handelte, das sie auf irgendeine seltsame Weise füttern musste. Alles Unsinn – aber es verstärkte mein Gefühl der Beklemmung, das ich für sie und ihr Haar empfand.«

»Ich kann nicht leugnen, dass ich sie nicht uneingeschränkt mochte, so sehr ich mich auch bemühte. Irgendetwas an ihr stieß mich auf subtile Weise ab, und ich konnte nicht umhin, morbide und makabre Assoziationen mit allem zu verbinden, was mit ihr zu tun hatte. Ihre Hautfarbe erinnerte mich an Babylon, Atlantis, Lemuria und die schrecklichen, vergessenen Herrschaften einer vergangenen Welt.«

»Ihre Augen erschienen mir manchmal wie die einer unheiligen Kreatur des Waldes oder einer Tiergöttin, die zu unermesslich alt war, um ganz und gar menschlich zu sein; und ihr Haar – dieser dichte, exotische, übernährte Wuchs öligen Pechs – hat mich erschaudern lassen, wie es eine große schwarze Python hätte tun können.«

»Zweifellos hatte sie mein unwillkürliches Verhalten bemerkt, obwohl ich versucht habe, es zu verbergen; und sie hatte versucht zu verbergen, dass sie es bemerkt hatte.«

»Die Verliebtheit des Jungen hielt an. Er war regelrecht vernarrt in sie und übertrieb es, bis zum Überdruss, mit all den kleinen Galanterien des täglichen Lebens. Scheinbar hat sie seine Gefühle erwidert, obwohl ich sehen konnte, dass es einer bewussten Anstrengung bedurft hatte, sie dazu zu bringen, es ihm bei seinen Schwärmereien und Extravaganzen gleichzutun. Bestimmt war sie auch verärgert, als sie erfahren hatte, dass wir nicht so wohlhabend waren, wie sie erwartete.«

»Alles in allem war es eine schlechte Sache, wie viele sagten. Ich konnte sehen, dass Traurigkeit aufkam.«

»Denis, war halb hypnotisiert von seiner kindlichen Liebe und hatte begonnen, sich von mir zu entfernen, als er gespürt hatte, dass ich vor seiner Frau zurückschreckte. So ging es monatelang, und ich habe bemerkt, dass ich meinen einzigen Sohn verloren hatte, den Jungen, der seit einem Vierteljahrhundert im Mittelpunkt all meines Denkens und Handelns gestanden hatte.«

»Marceline schien in diesen ersten Monaten eine gute Ehefrau zu sein, und unsere Freunde empfingen sie, ohne zu murren oder Fragen zu stellen. Ich war jedoch immer nervös, was einige der jungen Leute in Paris ihren Verwandten schreiben würden, nachdem sich die Nachricht von der Heirat herumgesprochen hatte. Trotz der Vorliebe der Frau für eine gewisse Geheimnistuerei konnte es nicht ewig verborgen bleiben, und Denis hatte tatsächlich einigen seiner engsten Freunde streng vertraulich geschrieben, sobald er sich mit ihr in Riverside niedergelassen hatte.«

»Ich blieb immer öfter allein in meinem Zimmer und entschuldigte mich mit meiner angeschlagenen Gesundheit. Etwa zu dieser Zeit begann sich meine jetzige Rückenmarksentzündung zu entwickeln. Denis schien das Problem nicht zu bemerken oder interessierte sich nicht für mich und meine Gewohnheiten und Angelegenheiten. Es tat mir weh, zu sehen, wie gefühllos er geworden war. Ich wurde immer schlafloser und zerbrach mir oft nachts den Kopf, um herauszufinden, was wirklich los war – was meine

Schwiegertochter so abstoßend und sogar ein wenig scheußlich für mich machte.«

»Seltsamerweise waren die Bediensteten die Einzigen, die mein Unbehagen zu teilen schienen. Die Dunkelhäutigen im Haus schienen ihr gegenüber sehr gereizt zu sein, und in wenigen Wochen waren alle bis auf die wenigen, die unserer Familie sehr verbunden waren, weg. Diese wenigen – Scipio und seine Frau Sarah, die Köchin Delilah und Mary, Scipios Tochter – verhielten sich so höflich wie möglich, zeigten aber deutlich, dass sie gegenüber ihrer neuen Herrin mehr ihre Pflicht erfüllten, als ihr Zuneigung entgegenzubringen. Sie blieben so weit wie möglich in ihrem eigenen, abgelegenen Teil des Hauses.«

»McCabe, unser weißer Chauffeur, war eher unverschämt bewundernd als feindselig, und eine weitere Ausnahme war eine sehr alte Zulufrau, von der es hieß, sie sei vor über hundert Jahren aus Afrika gekommen, und die in ihrer kleinen Hütte irgendeine Anführerin war, eine Art Familienälteste.«

»Die alte Sophonisba zeigte immer Ehrfurcht, wenn Marceline in ihre Nähe kam, und einmal sah ich, wie sie den Boden küsste, auf dem ihre Herrin gegangen war. Schwarze sind abergläubische Wesen, und ich fragte mich, ob Marceline unseren Bediensteten etwas von ihrem mystischen Unsinn erzählt hatte, um ihre offensichtliche Abneigung zu überwinden.«

»Nun, so ging es fast ein halbes Jahr lang weiter. Dann, im Sommer 1916, nahmen die Dinge ihren Lauf.«

»Mitte Juni erhielt Denis einen Brief von seinem alten Freund Frank Marsh, in dem er von einer Art Nervenzusammenbruch berichtete, der ihn veranlasst habe, sich auf dem Land zu erholen. Der Brief trug den Poststempel von New Orleans, denn Marsh war aus Paris zurückgekehrt, als er den Zusammenbruch kommen sah. Sein Schreiben schien eine sehr klare, aber höfliche Bitte um eine Einladung unsererseits zu sein. Marsh wusste natürlich, dass Marceline hier war, und fragte sehr freundlich nach ihr. Denis tat es leid, von seinen Schwierigkeiten zu hören, und lud ihn sofort ein, uns auf unbestimmte Zeit zu besuchen.«

»Marsh kam, und ich stellte mit Erschrecken fest, wie sehr er sich verändert hatte, seit ich ihn in seiner Jugend gesehen hatte. Er war ein kleiner, heller Kerl, mit blauen Augen und einem unentschlossenen Kinn; und jetzt konnte ich die Auswirkungen des Alkohols und was weiß ich noch an seinen geschwollenen Augenlidern, den vergrößerten Nasenlöchern und den schweren Falten um seinen Mund sehen.«

»Ich vermute, dass er seine Zeit der Dekadenz ziemlich intensivt durchlebt hat, und so weit wie möglich einem Rimbaud, Baudelaire oder Lautremont ähnlich sein wollte. Dennoch war es reizvoll, sich mit ihm zu unterhalten, denn wie alle Dekadenten war er äußerst sensibel für die Art, die Atmosphäre und die Namen der Dinge. Er war auf bewundernswerte Weise lebendig, voller Erfahrungen in den dunklen und schattenhaften Bereichen des Lebens und der Gefühle, an denen die meisten von uns vorbeigehen, ohne zu wissen, dass es sie existieren.«

»Ich war froh über den Besuch, denn ich hatte das Gefühl, dass er dazu beitragen würde, wieder eine normale Atmosphäre im Haus herzustellen, und genau so schien es anfangs auch zu sein, denn, wie ich schon sagte, war es eine Freude, Marsh hier zu haben.«

»Er war ein so aufrichtiger und tiefgründiger Künstler, wie ich ihn in meinem Leben noch nie erlebt habe, und ich glaube, dass es für ihn nichts Wichtigeres auf der Welt gab als die Wahrnehmung und der Ausdruck von Schönheit.«

»Wenn er etwas Erlesenes sah oder schuf, weiteten sich seine Augen, bis die helle Iris fast nicht mehr zu sehen war, und sie hinterließen zwei mystische schwarze Vertiefungen in diesem schwachen, zarten, kreidebleichen Gesicht; schwarze Vertiefungen, die sich zu fremden Welten öffneten, die keiner von uns zu erahnen vermochte.«

»Aber als er hier ankam, hatte er keine Kraft mehr, diese Neigung zu zeigen, denn er war (wie er Denis erzählte) ziemlich abgestumpft. Es scheint, dass er als

Künstler einer bizarren Art sehr erfolgreich gewesen war – wie Füssli oder Goya oder Sime oder Clark Ashton Smith – aber er hatte sich plötzlich erschöpft. Die Welt der gewöhnlichen Dinge um ihn herum hatte aufgehört, etwas zu enthalten, das er als Schönheit von ausreichender Kraft und Eindringlichkeit erkennen konnte, um seine schöpferischen Fähigkeiten zu wecken.«

»So war es ihm schon oft ergangen, aber diesmal konnte er sich keine neue, seltsame oder außergewöhnliche Empfindung oder Erfahrung vorstellen, die ihm die nötige Illusion einer neuen Schönheit oder eine anregende, abenteuerliche Erwartung vermitteln würde. Er war wie ein Durtal oder ein des Esseintes*, auf dem tiefsten Punkt der Reise seiner Neugierde.«

[* Durtal, fiktiver Schriftsteller und Jean Floressas Des Esseintes, dessen Protagonist, aus den Werken von Joris-Karl Huysmans, die als höchst dekadent und sittenwidrig angesehen und lange verboten waren]

»Marceline war nicht da, als Marsh kam. Sie war von seinem Kommen nicht begeistert und hatte sich geweigert, eine Einladung abzulehnen, die einige unserer Freunde aus St. Louis für sie und Denis ausgesprochen hatten. Denis war natürlich geblieben, um seinen Gast zu empfangen, aber Marceline war allein losgezogen. Es war das erste Mal, dass sie getrennt waren, und ich hoffte, dass die Unterbrechung dazu beitragen würde, die Vernebelung zu vertreiben, die den Jungen so zum Narren gemacht hatte.«

»Marceline hatte es nicht eilig, zurückzukehren, sondern schien ihre Abwesenheit so lange wie möglich hinauszuzögern. Denis nahm es besser auf, als man es von einem so vernarrten Ehemann hätte erwarten können, und schien wieder mehr wie sein altes Selbst zu sein, als er mit Marsh über alte Zeiten sprach und versuchte, den apathischen Ästheten aufzumuntern.«

»Marsh war derjenige, der am ungeduldigsten war, diese Frau zu sehen, vielleicht, weil er glaubte, dass ihre seltsame Schönheit oder irgendein Hauch von Mystizismus, der in ihren alten magischen Kult eingeflossen war, dazu beitragen könnte, sein Interesse an den Dingen wieder zu wecken und ihm einen neuen Anstoß für sein künstlerisches Schaffen zu geben.«

»Nach allem, was ich über Marshs Charakter wusste, war ich absolut sicher, dass es keinen tieferen Grund gab. Bei all seinen Schwächen war er ein Gentleman, und es hatte mich tatsächlich erleichtert, als ich erfuhr, dass er hierherkommen wollte, denn seine Bereitschaft, die Gastfreundschaft von Denis anzunehmen, lies dabei keinen anderen Grund vermuten.«

»Als Marceline schließlich zurückkam, konnte ich sehen, dass Marsh ungewöhnlich beeindruckt war. Er versuchte nicht, sie dazu zu bringen, über die seltsame Sache zu sprechen, die sie so endgültig aufgegeben hatte, aber er konnte eine starke Bewunderung nicht verbergen, die seine Augen, die nun zum ersten Mal während seines Besuchs auf diese merkwürdige Weise geweitet waren, jeden Moment, den sie im Zimmer war, an sie fesselte. Sie selbst war wohl eher beunruhigt als erfreut über seine ständige Beobachtung, jedenfalls schien es anfangs so, aber dieses Gefühl verflog innerhalb weniger Tage und ließ die beiden auf der Basis der herzlichsten und lebhaftesten Sympathie.«

»Ich konnte sehen, wie Marsh sie immer dann eingehend studierte, wenn er glaubte, dass niemand zusah, und ich fragte mich, wie lange es wohl dauern würde, bis nur noch der Künstler und nicht mehr der primitive Mensch von ihrem geheimnisvollen Charme erregt werden würde.«

»Denis war natürlich etwas irritiert über diese Wendung der Dinge, obwohl er wusste, dass sein Gast ein Ehrenmann war und dass Marceline und Marsh als verwandte Mystiker und Ästheten natürlich über Dinge und Interessen sprechen würden, an denen ein mehr oder weniger konventioneller Mensch keinen Anteil haben konnte.«

»Er machte niemandem einen Vorwurf, er bedauerte nur, dass seine eigene Vorstellungskraft zu begrenzt und zu traditionell war, um sich mit Marceline so unterhalten zu können, wie Marsh es tat. An diesem Punkt begann ich, den Jungen wieder mehr zu sehen. Da seine Frau anderweitig beschäftigt war, hatte er Zeit, sich daran zu erinnern, dass er einen Vater hatte, der bereit war, ihm bei allen Schwierigkeiten zu helfen.«

»Wir saßen oft zusammen auf der Veranda und beobachteten Marsh und Marceline, wenn sie die Auffahrt hinauf- und hinunter ritten oder auf dem Platz südlich des Hauses Tennis spielten. Sie unterhielten sich hauptsächlich auf Französisch, das Marsh, obwohl er nicht mehr als ein Viertel französisches Blut hatte, besser beherrschte als Denis oder ich. Marcelines Englisch, stets akademisch korrekt, wurde immer akzentuierter, aber es war klar, dass sie gerne in ihre Muttersprache zurückfiel.«

»Als wir das sympathische Paar betrachteten, das sie bildeten, konnte ich sehen, wie sich die Wangen- und Halsmuskeln des Jungen anspannten, obwohl er für Marsh kein bisschen weniger ein idealer Gastgeber und für Marceline kein bisschen weniger ein rücksichtsvoller Ehemann war.«

»All dies fand gewöhnlich am Nachmittag statt, denn Marceline stand sehr spät auf, frühstückte im Bett und brauchte sehr viel Zeit, um sich darauf vorzubereiten, die Treppe hinunterzukommen. In diesen Morgenstunden fanden die eigentlichen Plaudereien von Denis und Marsh statt und sie tauschten die intimen Vertraulichkeiten aus, die ihre Freundschaft trotz der Eifersucht am Leben hielten.«

»Nun, bei einem dieser morgendlichen Gespräche auf der Veranda machte Marsh den Vorschlag, der das Ende einleitete.«

»Ich lag im Bett, hatte es aber dann doch geschafft, die Treppe hinunterzugehen und mich auf das Sofa im vorderen Wohnzimmer in der Nähe des großen Fensters zu legen. Denis und Marsh waren gerade draußen, und so konnte ich nicht umhin, alles zu hören, was sie sagten.«

»Sie unterhielten sich über Kunst und die seltsamen, launischen Umwelteinflüsse, die einen Künstler dazu bringen, ein wertvolles Werk zu schaffen, als Marsh plötzlich von der Abstraktion zu der persönlichen Anwendung überging, die er wohl von Anfang an im Sinn hatte.«

»'Ich nehme an', sagte er, 'dass niemand genau sagen kann, was bestimmte Szenen oder Objekte für einzelne Menschen zu ästhetischen Reizen macht. Im Grunde muss es natürlich etwas mit dem Hintergrund der gespeicherten mentalen Assoziationen eines jeden Menschen zu tun haben, denn keine zwei Menschen haben die gleiche Skala von Empfindungen und Reaktionen. Für einige von uns hat alles Gewöhnliche keine emotionale oder imaginäre Bedeutung mehr, aber auf etwas Außergewöhnliches reagiert niemand auf die gleiche Weise. Nun, nimm mich zum Beispiel ... '«

»'Ich weiß, Denny, dass ich dir diese Dinge sagen kann, weil du einen besonders unverdorbenen Geist hast – sauber, objektiv und so weiter. Du wirst das nicht missverstehen. Tatsache ist, dass ich glaube, ich weiß, was es braucht, um meine Vorstellungskraft wieder in Gang zu bringen. Ich hatte einen vagen Gedanken, als wir in Paris waren, aber jetzt bin ich mir sicher: Es ist Marceline, alter Junge.'«

»'Dieses Gesicht und dieses Haar, und die Reihe der schattenhaften Bilder, die sie hervorrufen. Nicht nur sichtbare Schönheit – obwohl es davon weiß Gott genug gibt – sondern etwas Seltsames und Individuelles, das man sich nicht genau erklären kann. Weißt du, in den letzten Tagen habe ich die Existenz einer solchen Empfindung gespürt, so heftig, dass ich ehrlich glaube, ich könnte mich selbst übertreffen, wenn ich Farbe und Leinwand in die Hände bekäme, genau in dem Moment, in dem ihr Gesicht und ihr Haar meine Fantasie beflügeln.'«

»'Es hat etwas Seltsames und Außerirdisches an sich, etwas, das mit der düsteren, uralten Sache, die Marceline repräsentiert, verbunden ist. Ich weiß nicht, wie viel sie dir über diese Seite von ihr erzählt hat, aber ich kann dir versichern, dass es viel davon gibt. Sie hat einige wunderbare Verbindungen zu einer anderen Welt.'«

»Irgendeine Veränderung im Gesichtsausdruck von Denis muss den Redner hier unterbrochen haben, denn es gab eine längere Pause, bevor seine Worte weitergingen. Ich war völlig verblüfft, denn ich hatte nicht mit einer so offenen Entwicklung gerechnet und fragte mich, was mein Sohn wohl denken mochte. Mein Herz begann heftig zu klopfen und ich spitzte die Ohren, um aufmerksam zuzuhören. Dann fuhr Marsh fort.«

»'Natürlich bist du eifersüchtig – ich weiß, wie eine Rede wie meine klingen muss – aber ich schwöre dir, du musst es nicht sein.'«

»Denis antwortete nicht und Marsh sprach weiter.«

»'Um die Wahrheit zu sagen, ich könnte mich nie in Marceline verlieben – ich könnte nicht einmal ein herzlicher Freund von ihr sein. Verdammt, ich komme mir vor wie ein Heuchler, wenn ich in diesen Tagen so mit ihr spreche, wie ich es tue.'«

»'Es ist einfach so, dass ein Teil von ihr mich auf eine bestimmte Art und Weise hypnotisiert – auf eine sehr seltsame, fantastische und düster-schreckliche Art und Weise – so wie ein anderer Teil dich auf eine viel normalere Art und Weise hypnotisiert. Ich sehe etwas in ihr – oder, um psychologisch genauer zu sein, etwas jenseits von ihr – das du überhaupt nicht siehst; etwas, das einen riesigen Reigen von Gebilden aus vergessenen Abgründen aufsteigen lässt und mich dazu bringt, unglaubliche Dinge zu malen, deren Umrisse in dem Moment verschwinden, in dem ich versuche, sie mir klar vorzustellen. Täusche dich nicht, Denny: Deine Frau ist ein großartiges Wesen, ein herrlicher Brennpunkt kosmischer Kräfte, die das Recht hat, göttlich genannt zu werden, wie überhaupt etwas auf Erden!'«

»Ich spürte, wie sich die Situation entspannte, denn die reine Abstraktheit von Marshs Gefühlsäußerung und die Schmeicheleien, die er Marceline jetzt entgegenbrachte, konnten jemanden, der so stolz auf seine Gefährtin war, wie Denis es immer war, nur entwaffnen und besänftigen. Marsh hatte die Veränderung offenbar selbst bemerkt, denn sein Tonfall wurde selbstbewusster, als er fortfuhr.«

»'Ich muss sie malen, Denny, und ich muss dieses Haar malen, du wirst es nicht bereuen. In diesem Haar steckt etwas mehr als nur Sterblichkeit an sich, etwas mehr als nur Schönheit.'«

»Er hielt inne, und ich fragte mich, was Denis jetzt wohl dachte.«

»War Marshs Interesse tatsächlich nur das eines Künstlers, oder war er einfach nur vernarrt, wie Denis es gewesen war? Wahrend ihrer Schulzeit hatte ich gedacht, dass er meinen Jungen beneidet hatte, und ich hatte das vage Gefühl, dass es auch jetzt so sein könnte. Zudem hatte etwas in dem Gerede über die künstlerische Inspiration verblüffend wahr geklungen, und je länger ich darüber nachdachte, desto mehr war ich geneigt, es für bare Münze zu nehmen. Denis schien das auch zu tun, denn obwohl ich seine leise Antwort nicht verstand, konnte ich an ihrer Wirkung erkennen, dass sie zustimmend gewesen sein musste.«

»Jemand klopfte dem anderen auf den Rücken, und dann hielt Marsh eine Dankesrede, an die ich mich noch lange erinnern werde.«

»'Das ist großartig, Denny, und wie ich schon sagte, du wirst es nie bereuen. In gewisser Weise mache ich es zur Hälfte für dich. Du wirst ein anderer Mensch sein, wenn du es siehst. Es wird dich dorthin zurückbringen, wo du früher warst – es wird dich aufwecken und dir eine Art Erlösung bescheren – aber du kannst noch nicht sehen, was ich meine. Erinnere dich einfach an die alte Freundschaft, und denke nicht, dass ich nicht mehr derselbe alte Kerl bin!'«

»Vollkommen verwirrt hatte ich mich erhoben, und sah die beiden Arm in Arm über den Rasen schlendern. Was konnte Marsh mit seiner seltsamen, fast bedrohlichen Zusicherung gemeint haben? Je mehr meine Ängste in die eine Richtung beschwichtigt wurden, desto mehr wurden sie in die andere Richtung geweckt. Wie ich es auch drehte und wendete, es schien eine ziemlich böse Sache zu sein.«

»Die Dinge nahmen ihren Lauf. Denis richtete eine mit Oberlichtern versehene Dachkammer ein, und Marsh ließ alle möglichen Malutensilien kommen. Alle waren ziemlich aufgeregt wegen der neuen Unternehmung, und ich war zumindest froh, dass etwas in Gang kam, um die schwelende Spannung zu unterbrechen.«

»Bald begannen die Sitzungen, die wir alle sehr ernst nahmen, denn wir konnten sehen, dass Marsh sie als wichtige künstlerische Ereignisse betrachtete. Denny und ich gingen inzwischen leise im Haus umher, als ob etwas Heiliges vor sich gehen würde.«

»Bei Marceline war es anders, das merkte ich sofort. Was auch immer Marshs Reaktionen auf die Sitzungen gewesen sein mögen, ihre waren schmerzlich offensichtlich. Auf jede erdenkliche Weise verriet sie eine offene und gewöhnliche Verliebtheit in den Künstler und wies Denis' Zeichen der Zuneigung zurück, wann immer sie die Gelegenheit dazu hatte. Seltsamerweise bemerkte ich das deutlicher als Denis selbst und versuchte, einen Plan zu schmieden, wie ich den Jungen beruhigen könnte, bis die Angelegenheit geklärt war. Es hatte keinen Sinn, ihn darüber aufzuregen, wenn es sich vermeiden ließ.«

»Schließlich entschied ich, dass es besser wäre, wenn Denis gehen würde, solange die unangenehme Situation andauerte. Ich konnte seine Interessen an diesem Ende gut genug vertreten, und früher oder später würde Marsh das Bild beenden und gehen. Ich schätzte Marshs Ehre so hoch ein, dass ich nichts Schlimmeres erwartete. Wenn die Sache vorbei war und Marceline ihre neue Liebe vergessen hatte, würde es Zeit sein, Denis wieder an die Hand zu nehmen.«

»Also schrieb ich einen langen Brief an meinen Marketing- und Finanzagenten in New York und schmiedete einen Plan, um den Jungen auf unbestimmte Zeit dorthin zu bringen. Ich ließ den Agenten schreiben, dass unsere Geschäfte es unbedingt erforderlich machten, dass einer von uns in den Osten ging, und meine Krankheit machte natürlich klar, dass ich nicht derjenige sein konnte. Es wurde vereinbart, dass er für Denis, wenn er in New York ankäme, genug plausible Gründe finden würde, um ihn so lange zu beschäftigen, wie ich meinte, dass er weg sein sollte.«

»Der Plan funktionierte perfekt, und Denis machte sich ahnungslos auf den Weg nach New York. Marceline und Marsh begleiteten ihn im Wagen nach Cape Girardeau, wo er den Nachmittagszug nach St. Louis nahm. Sie kamen gegen Abend zurück, und als McCabe den Wagen zu den Ställen zurückfuhr, konnte ich sie auf der Veranda reden hören. Ich beschloss zu lauschen, ging ich leise in den vorderen Salon hinunter und streckte mich auf dem Sofa in der Nähe des Fensters aus.«

»Zuerst hörte ich nichts, aber kurz darauf ein Geräusch, als ob ein Stuhl verschoben würde, gefolgt von einem kurzen, heftigen Atemzug und einer Art unartikuliertem Laut des Verletztseins von Marceline.«

»Dann hörte ich Marsh mit angespannter, fast förmlicher Stimme sprechen.«

»'Ich würde gerne heute Abend arbeiten – wenn Sie nicht zu müde sind.'«

»Marceline antwortete in einem verletzten Ton. Sie sprach Englisch, wie er es getan hatte: 'Oh, Frank, ist das wirklich alles, was Sie interessiert? Immer nur arbeiten! Können wir nicht einfach bei diesem herrlichen Mondschein draußen sitzen?'«

»Er antwortete ungeduldig, und in seiner Stimme schwang eine gewisse Geringschätzung mit, die sich unter die vorherrschende künstlerische Begeisterung mischte.«

»'Mondlicht! Mein Gott, was für eine abgedroschene Sentimentalität! Für einen angeblich kultivierten Menschen hängen Sie gerade an einer der primitivsten Floskeln, die jemals den Groschenromanen entwichen ist. Mit der Kunst an ihrer Seite müssen Sie an den Mond denken! Oder vielleicht doch an den Rotkehlchentanz den Sie um die Steinsäulen von Auteuil aufgeführt haben; zum Teufel, wie haben Sie diese glotzäugigen Kläffer zum Starren gebracht!'«

»'Aber nein, ich nehme an, Sie haben das jetzt alles aufgegeben. Keine atlantische Magie und keine Haarschlangenrituale mehr für Madame de Russy! Ich bin der Einzige, der sich noch an die alten Dinge erinnert, an die Dinge, die durch die Tempel von Tanit herabkamen und die Mauern von Simbabwe anriefen. Aber ich werde mich nicht um diese Erinnerung betrügen lassen – all das fließt in das 'Ding' auf meiner Leinwand ein – das 'Ding', welches das Wunder einfangen und die Geheimnisse von fünfundsiebzigtausend Jahren enthüllen wird.'«

»Marceline unterbrach ihn mit einer Stimme voller gemischter Gefühle.«

»'Sie sind es, der jetzt abgedroschen sentimental ist! Sie wissen genau, dass man die alten Dinge besser in Ruhe lässt. Ihr solltet euch alle in Acht nehmen, wenn ich jemals die alten Riten singe oder versuche, das heraufzubeschwören, was in Yuggoth, Simbabwe und Rl'yeh verborgen liegt. Ich dachte, Sie hätten mehr Verstand! Ihnen fehlt die Logik«, fuhr sie fort. »'Sie wollen, dass ich mich für ihr kostbares Gemälde interessiere, aber Sie lassen mich nie sehen, was Sie tun. Immer dieses schwarze Tuch darüber! Es zeigt mich – ich denke, es würde nichts ausmachen, wenn ich es sehen würde.'«

»Diesmal unterbrach Marsh, seine Stimme klang seltsam hart und angespannt.«

»'Nein. Nicht jetzt. Sie werden es sehen, wenn die Zeit gekommen ist. Sie sagen, es ist von Ihnen – ja, das ist es, aber es ist mehr. Wenn Sie es wüssten, wären Sie nicht so ungeduldig. Armer Denis! Mein Gott, es ist eine Schande!'«

»Meine Kehle wurde plötzlich trocken, als die Worte einen fast fiebrigen Ton annahmen. Was mochte Marsh wohl meinen? Plötzlich bemerkte ich, dass er aufgehört hatte und das Haus allein betrat. Ich hörte, wie die Haustür zugeschlagen wurde und lauschte, seinen Schritten die Treppe hinauf. Draußen auf der Veranda hörte ich noch immer Macelines schweren, wütenden Atem. Mit einem schlechten Gewissen schlich ich mich davon, denn ich spürte, dass es einige ernste Dinge zu klären gab, bevor ich Denis in Sicherheit zurückkehren lassen konnte.«

»Nach diesem Abend war die Spannung im Haus noch größer als zuvor. Marceline hatte immer von Schmeicheleien und Schöntuerei gelebt, und der Schock über diese wenigen aber unverblümten Worte von Marsh war zu viel für ihr Temperament.«

»Das Leben mit ihr wurde unerträglich, denn seit der arme Denis weg war, ließ sie ihre schlechte Laune an allen aus. Wenn sie im Haus niemanden fand, mit dem sie sich streiten konnte, ging sie hinaus zu Sophonisbas Hütte und redete stundenlang mit der seltsamen alten Zulu-Frau. Tante Sophy war die einzige Person, die ihr unterwürfig genug war, und als ich einmal versuchte, ihre Unterhaltung zu belauschen, fand ich Marceline, die über ältere Geheimnisse und das unbekannte Kadath flüsterte, während die Negerin in ihrem Stuhl hin- und her schaukelte und von Zeit zu Zeit unartikulierte Laute der Ehrerbietung und Bewunderung von sich gab.«

»Aber nichts konnte ihre hündische Vernarrtheit in Marsh brechen. Sie redete verbittert und mürrisch mit ihm, aber sie gehorchte immer mehr seinen Wünschen. Das kam ihm sehr gelegen, denn nun konnte er sie für das Bild posieren lassen, wann immer er Lust zum Malen hatte. Er versuchte, sich für dieses Entgegenkommen zu bedanken, aber ich glaubte, hinter seiner vorsichtigen Höflichkeit eine Art Verachtung, ja Abscheu zu erkennen. Ich für meinen Teil hasste Marceline ganz offen! Es hatte keinen Sinn, meine Haltung in diesen Tagen als bloße Abneigung zu bezeichnen. Natürlich war ich froh, dass Denis weg war. Seine Briefe, die nicht annähernd so häufig kamen, wie ich es mir wünschte, zeigten Anzeichen von Anspannung und Sorge.«

»Mitte August entnahm ich Marshs Bemerkungen, dass das Porträt fast fertig war. Seine Gemütsverfassung schien immer schlechter zu werden, obwohl Marcelines Laune sich etwas besserte, da die Aussicht, das 'Ding' zu sehen, ihre Eitelkeit kitzelte. Ich erinnere mich noch gut an den Tag, an dem Marsh sagte, dass er in einer Woche alles fertig haben würde. Marcelines Erscheinung hellte sich zusehends auf, allerdings nicht, ohne mir ab und zu bitterböse Blicke zuzuwerfen. Es schien, als ob sich ihr lockiges Haar sichtlich um ihren Kopf herum straffte.«

»'Ich werde die Erste sein, die es zu sehen bekommt!', fauchte sie. Dann lächelte sie Marsh an und fügte hinzu: 'Und wenn es mir nicht gefällt, werde ich es in Stücke hauen!'«

»Marshs Gesicht nahm den seltsamsten Ausdruck an, den ich je gesehen habe, als er ihr antwortete: 'Ich kann nicht für ihren Geschmack bürgen, Marceline, aber ich schwöre, es wird großartig werden! Nicht, dass ich die Lorbeeren einheimsen möchte – Kunst erschafft sich selbst – und dieses 'Ding' muss einfach gemacht werden. Warte Sie nur ab!'«

»In den folgenden Tagen spürte ich eine seltsame Vorahnung, als ob die Fertigstellung des Bildes eine Art Katastrophe auslösen würde, statt eine Erleichterung zu bringen. Auch Denis hatte mir nicht geschrieben, und mein Agent in New York sagte, er plane eine Reise aufs Land.

Ich fragte mich, wie das alles enden würde. Was für eine seltsame Mischung von Charakteren – Marsh und Marceline, Denis und ich! Wie würden all diese Wesen schließlich aufeinander reagieren? Als meine Ängste zu groß wurden, versuchte ich, alles auf meine Gebrechlichkeit zu schieben, aber diese Erklärung konnte mich nie ganz beruhigen.«

»Es war Dienstag, der 26. August, als die Sache explodierte.«

»Ich war zur gewohnten Zeit aufgestanden und hatte gefrühstückt, aber die Schmerzen in der Wirbelsäule machten mir arg zu schaffen. Sie haben mich in letzter Zeit sehr geplagt und mich gezwungen, Opiate zu nehmen, wenn sie unerträglich wurden.«

»Außer den Bediensteten war niemand unten, aber ich konnte hören, wie Marceline sich in ihrem Zimmer bewegte. Marsh schlief in der Mansarde neben seinem Atelier und hatte sich angewöhnt, so lange zu schlafen, dass er selten vor Mittag aufstand.«

»Gegen zehn Uhr überkam mich der Schmerz, sodass ich eine doppelte Dosis meines Opiats nahm und mich auf das Sofa im Wohnzimmer legte. Das Letzte, was ich hörte, war Marceline, die über mir auf und ab ging. Armes Geschöpf – wenn ich das alles gewusst hätte!«

»Sie muss vor dem langen Spiegel herumgelaufen sein und sich bewundert haben. Das war typisch für sie – eitel durch und durch, sich an ihrer eigenen Schönheit ergötzend, so wie sie sich in all den kleinen Freuden ergötzte, die Denis ihr zu geben vermochte.«

»Ich wachte erst kurz vor Sonnenuntergang auf und wusste anhand des goldenen Lichts und der langen Schatten vor dem Fenster sofort, wie lange ich geschlafen hatte. Niemand war zu sehen, und eine Art unnatürliche Stille schien über allem zu schweben.«

»Aber aus der Ferne glaubte ich, ein leises, wildes und stoßweises Heulen zu vernehmen, dessen Art eine leichte, aber verblüffende Vertrautheit ausstrahlte. Ich halte nicht viel von übersinnlichen Vorahnungen, aber ich war von Anfang an furchtbar unruhig. Es gab Träume, die noch schlimmer waren als die, die ich in den Wochen zuvor geträumt hatte, und diesmal schienen sie auf schreckliche Weise mit einer düsteren und an Fäulnis erinnernden Realität verbunden zu sein.«

»Das ganze Haus hatte eine giftige Ausstrahlung. Im Nachhinein dachte ich, dass in diesen Stunden des betäubten Schlafes gewisse Geräusche in mein unbewusstes Gehirn eingedrungen sein mussten. Meine Schmerzen waren jedoch verschwunden, und ich konnte ohne Schwierigkeiten aufstehen und gehen.«

»Schon bald wurde mir klar, dass etwas nicht stimmte.«

»Marsh und Marceline waren vielleicht ausgeritten, aber jemand hätte in der Küche das Abendessen zubereiten müssen. Stattdessen herrschte nur Stille, abgesehen von diesem schwachen, entfernten Jaulen oder Heulen, und niemand antwortete, als ich an der altmodischen Klingelschnur zog, um Scipio zu rufen.«

»Dann blickte ich zufällig nach oben und sah den sich ausbreitenden Fleck an der Decke – den leuchtend roten Fleck, der durch den Boden von Marcelines Zimmer gekommen sein musste.«

»Sofort vergaß ich meinen kaputten Rücken und eilte die Treppe hinauf, wo ich das Schlimmste vorfand. Alles Mögliche ging mir durch den Kopf, als ich mich gegen die von der Feuchtigkeit aufgequollene Tür dieses jetzt stillen Zimmers stemmte, und das Schrecklichste von allem war ein furchtbares Gefühl böser Erfüllung und verhängnisvoller Erwartung. Ich hatte, so schien es mir, die ganze Zeit gewusst, dass sich unsagbare Schrecken zusammenbrauten; dass sich etwas abgrundtief Böses unter meinem Dach eingenistet hatte, das nur Blut und Tragödie hervorbringen konnte.«

»Endlich gab die Tür nach, und ich stolperte in den großen Raum dahinter, der von den Ästen der hohen Bäume vor den Fenstern verdunkelt wurde.«

»Einen Augenblick lang konnte ich nur vor dem schwachen, üblen Geruch zurückweichen, der mir sofort in die Nase stieg. Als ich dann das elektrische Licht anmachte und mich umsah, bot sich mir auf dem gelb-blauen Teppich ein unbeschreiblicher Anblick.«

»Etwas lag mit dem Gesicht nach unten in einer großen Lache dunklen, eingedickten Blutes und hatte in der Mitte seines nackten Rückens den blutigen Abdruck eines beschuhten menschlichen Fußes. Das Blut war überall verspritzt, an den Wänden, auf den Möbeln und auf dem Boden«.

»Meine Knie knickten bei diesem Anblick ein. Ich stolperte zu einem Stuhl und brach zusammen. Das 'Ding' war offensichtlich ein Mensch gewesen, obwohl seine Identität zunächst nicht leicht festzustellen war, da es nackt war und die meisten Haare auf sehr grobe Weise von der Kopfhaut abgehackt und ausgerissen worden waren.«

»Die Haut war von einer tiefen Elfenbeinfarbe, und ich wusste, dass es Marceline gewesen sein musste. Der Schuhabdruck auf der Rückseite ließ die Sache noch höllischer erscheinen. Ich konnte mir nicht im Geringsten vorstellen, wie sich die seltsame, abscheuliche Tragödie abgespielt haben konnte, während ich in dem Zimmer darunter schlief.«

»Als ich die Hand hob, um mir die triefende Stirn abzuwischen, sah ich, dass meine Finger blutverschmiert waren. Ich erschauderte und erkannte, dass es von dem Knauf an der Tür stammen musste, die der unbekannte Mörder beim Verlassen des Zimmers mit Gewalt zugezogen hatte. Er hatte offenbar seine Waffe mitgenommen, denn hier war kein Todeswerkzeug zu sehen.«

»Als ich den Boden untersuchte, sah ich, dass eine Linie klebriger Fußabdrücke, wie die auf der Leiche, von dem Schrecken weg zur Tür führte.«

»Es gab auch noch eine andere Blutspur, die nicht so leicht zu erklären war: eine breite, durchgehende Spur, als ob sie den Weg einer riesigen Schlange markieren würde.«

»Zuerst schloss ich, dass sie von etwas herrühren musste, das der Mörder hinter sich her geschleift hatte. Als ich dann bemerkte, dass sie von einige der Fußspuren überlagert zu sein schienen, war ich gezwungen, zu glauben, dass sie schon da war, als der Mörder ging. Aber was für ein kriechendes Wesen könnte sich wie das Opfer und der Mörder in dem Raum aufgehalten haben und verschwunden sein, bevor die Tat vollbracht wurde. Während ich mir diese Frage stellte, glaubte ich, erneut dieses schwache, entfernte Wimmern zu hören.«

»Endlich, aus der Lähmung des Schreckens erwacht, erhob ich mich und begann, den Fußspuren zu folgen. Ich hatte nicht die geringste Ahnung, wer der Mörder war, noch konnte ich mir die Abwesenheit der Dienerschaft erklären. Ich hatte das vage Gefühl, dass ich zu Marshs Dachbodenzimmer hinaufgehen sollte, aber bevor ich den Gedanken zu Ende gedacht hatte, sah ich, dass die blutige Spur mich tatsächlich dorthin führte. War er selbst der Mörder? War er unter dem Druck der morbiden Situation verrückt geworden und plötzlich Amok gelaufen?«

»Im Korridor des Dachbodens wurde die Spur schwächer, die Abdrücke waren fast verschwunden, als sie in den dunklen Teppich übergingen. Aber ich konnte immer noch die seltsame einzelne Spur des Wesens erkennen, das zuerst gegangen war, und diese führte direkt zur geschlossenen Tür von Marshs Atelier und verschwand unter ihr an einem Punkt, der sich etwa auf halber Strecke befand. Offensichtlich hatte es die Schwelle zu einem Zeitpunkt überquert, als die Tür weit geöffnet war.«

»Voll von Ekel probierte ich den Knauf und fand die Tür unverschlossen. Ich öffnete sie und hielt im schwindenden Nordlicht inne, um zu sehen, welcher neue Albtraum mich erwarten würde. Auf jeden Fall lag etwas Menschliches auf dem Boden, und ich griff nach dem Schalter, um den Kronleuchter einzuschalten.«

»Aber als das Licht aufflammte, erkannte ich ihn – das war Marsh, der arme Teufel. Mein Blick verließ den Boden und sein Grauen, um sich verzweifelt und ungläubig auf das lebende Etwas zu richten, das in der offenen Tür zu Marshs Schlafzimmer kauerte und starrte.«

»Es war ein zerzaustes, wild dreinblickendes, blutverkrustetes Etwas, und er hielt eine mörderische Machete in der Hand, die eine der Dekorationen an der Wand des Ateliers gewesen war. Doch selbst in diesem schrecklichen Moment erkannte ich ihn als jemanden, von dem ich geglaubt hatte, er sei mehr als tausend

Meilen entfernt. Es war mein eigener Junge Denis – oder das wahnsinnig gewordene Wrack, das einmal Denis gewesen war.«

»Mein Anblick schien den armen Jungen ein wenig zur Vernunft zu bringen – oder zumindest seine Erinnerungen zu wecken. Er richtete sich auf und begann, seinen Kopf hin- und herzuwerfen, als wollte er sich von einem ihn umgebenden Einfluss befreien.«

»Ich selbst brachte kein Wort heraus und bewegte meine Lippen, in einem Versuch, meine Stimme wiederzufinden. Mein Blick wanderte einen Augenblick zu der Gestalt, die vor der schwer verhangenen Staffelei auf dem Boden lag – die Gestalt, zu der die seltsame Blutspur führte und die scheinbar in den Windungen eines dunklen, schlangenartigen Objekts verfangen war.«

»Die Verlagerung meines Blicks schien einen Eindruck in dem verdrehten Gehirn des Jungen zu hinterlassen, denn plötzlich begann er in einem heiseren Flüsterton zu murmeln, dessen Inhalt ich bald zu verstehen vermochte.«

»'Ich musste sie ausrotten – sie war der Teufel – der Gipfel der Hohepriesterin des Bösen – die Ausgeburt der Hölle. Marsh wusste es und versuchte, mich zu warnen. Der gute alte Frank! Ich habe ihn nicht getötet, obwohl ich dazu bereit war, bevor ich es begriff. Aber ich ging hinunter und tötete sie – und dann kam dieses verfluchte Haar – – '«

»Ich hörte entsetzt zu, wie Denis stockte, innehielt und wieder begann.«

»'Du wusstest es nicht – ihre Briefe wurden seltsam, und ich wusste, dass sie mit Marsh zusammen war. Dann hörte sie fast auf zu schreiben. Er erwähnte sie nie – ich spürte, dass etwas nicht stimmte, und dachte, ich sollte zurückkommen und es herausfinden. Ich konnte es dir nicht sagen, dein Verhalten hätte es verraten. Ich wollte dich überraschen. Ich bin heute Mittag hier angekommen, habe ein Taxi genommen und später die Hausangestellten weggeschickt – mit Ausnahme der Feldarbeiter, denn ihre Hütten sind außer Hörweite.'«

»'Ich sagte McCabe, er solle mir in Cape Girardeau ein paar Sachen besorgen und sich nicht die Mühe machen, vor morgen zurückzukommen. Ich habe alle Neger in den alten Wagen gesetzt und sie von Mary nach Bend Village fahren lassen, um dort Urlaub zu machen – ich habe ihnen gesagt, dass wir alle eine Art Ausflug machen und keine Hilfe brauchen. Ich sagte auch, sie sollten besser die ganze Nacht bei Onkel Scips Cousin bleiben, der das Gasthaus für die Neger betreibt.'«

»Denis wurde jetzt sehr deutlich, und ich spitzte die Ohren, um jedes Wort zu verstehen. Ich glaubte wieder diesen wilden, fernen Schrei zu hören, aber im Augenblick hatte die Geschichte Vorrang.«

»'Ich sah dich in der Stube schlafen und ging davon aus, dass du nicht aufwachen würdest. Dann bin ich heimlich nach oben gegangen, um Marsh und diese Frau zu finden!'«

»Der Junge schauderte, als er es vermied, Marcelines Namen auszusprechen. Gleichzeitig sah ich, wie sich seine Augen weiteten, als der entfernte Schrei ertönte, dessen anfänglich vage Vertrautheit nun sehr groß geworden war.«

»'Sie war nicht in ihrem Zimmer, also ging ich hinauf zum Atelier. Die Tür war geschlossen, und ich hörte Stimmen von drinnen. Ich habe nicht angeklopft, bin einfach reingeplatzt und habe sie für das Bild posieren sehen. Nackt, aber mit diesem höllischen Haar, das um sie herum drapiert war, und sie himmelte Marsh mit ihren Augen an.'«

»'Er hatte die Staffelei halb von der Tür weggedreht, sodass ich das Bild nicht sehen konnte. Beide waren ziemlich erschrocken, als ich auftauchte, und Marsh ließ seinen Pinsel fallen. Ich war wütend und sagte ihm, er müsse mir das Porträt zeigen, aber er wurde von Minute zu Minute ruhiger – er sagte mir, es sei noch nicht ganz fertig, aber in ein oder zwei Tagen würde es so weit sein – und sagte, ich könne es dann sehen – sie selbst habe es auch noch nicht gesehen.'«

»'Aber das konnte man mit mir nicht machen. Ich trat vor, und er ließ einen Samtvorhang über das 'Ding' fallen, bevor ich es sehen konnte. Er war bereit, zu kämpfen, bevor er es mich sehen ließ, aber diese – diese – sie stand auf und ergriff Partei für mich. Sie sagte, wir müssten es sehen.'«

»'Frank wurde furchtbar wütend und versetzte mir einen Schlag, als ich versuchte, an die Abdeckung zu kommen. Ich schlug zurück und schien ihn k. o. geschlagen zu haben.'«

»'Dann hätte mich der Schrei, den diese Kreatur ausstieß, fast selbst umgehauen. Sie hatte den Überhang selbst zur Seite gezogen und einen Blick auf das geworfen, was Marsh gemalt hatte. Ich drehte mich um und sah, wie sie, wie von Sinnen, aus dem Zimmer stürmte. Dann sah ich das Bild.'«

»Der Wahnsinn flammte in den Augen des Jungen wieder auf, als er an diesen Punkt gekommen war, und ich dachte einen Moment lang, er würde sich mit seiner Machete auf mich stürzen. Aber nach einer Pause beruhigte er sich wieder ein wenig.«

»'Oh Gott – dieses 'Ding'! Sieh es nie wieder an! Verbrenn es mitsamt den Behängen und wirf die Asche in den Fluss! Marsh wusste es – und hat mich gewarnt. Er wusste, was es war – was diese Frau – diese Leopardin oder Gorgone oder Lamia oder was auch immer sie war – in Wirklichkeit darstellte. Er hatte versucht, es mir anzudeuten, seit ich sie in seinem Pariser Atelier getroffen hatte, aber es ließ sich nicht in Worte fassen. Ich dachte, alle täten ihr Unrecht, wenn sie Schreckliches über sie flüsterten, aber dieses Bild hat das ganze Geheimnis eingefangen – den ganzen monströsen Hintergrund!'«

»'Bei Gott, was für ein Künstler ist Frank! Dieses 'Ding' ist das größte Werk, das eine lebende Seele seit Rembrandt geschaffen hat! Es ist ein Verbrechen, es zu verbrennen, aber es wäre ein noch größeres Verbrechen, es existieren zu lassen – so wie es eine abscheuliche Sünde gewesen wäre, diese Dämonin weiter existieren zu lassen, denn in dem Moment, in dem ich es zu Gesicht bekam, verstand ich, was sie war und welche Rolle sie in dem schrecklichen Geheimnis spielte, das aus den Tagen von Cthulhu und den Älteren überliefert ist – ein Geheimnis, das mit dem Untergang von Atlantis fast ausgelöscht, aber in verborgenen Traditionen, allegorischen Mythen und geheimen, mitternächtlichen Kultpraktiken halbwegs am Leben erhalten wurde.'«

»'Es war echt. Es war keine Fälschung. Es wäre barmherzig gewesen, wenn es eine Fälschung gewesen wäre. Es war der alte, grässliche Schatten, den die Philosophen nie zu erwähnen wagten – das 'Ding', das im Necronomicon angedeutet und in den Kolossen der Osterinsel symbolisiert wurde. Sie dachte, wir würden es nicht durchschauen – dass die falsche Fassade halten würde, bis wir unsere unsterblichen Seelen verkauft hätten. Und sie hatte zur Hälfte recht – sie hätte mich am Ende erwischt. Sie hat nur gewartet. Aber Frank – der gute alte Frank - war zu viel für sie. Er wusste, was das alles bedeutete, und malte es. Kein Wunder, dass sie kreischend davonlief, als sie es sah. Es war nicht ganz fertig, aber Gott weiß, es war genug zu sehen.'«

»'Dann wusste ich, dass ich sie töten musste – sie und alles, was mit ihr verbunden war. Es war ein Makel, den gesundes Menschenblut nicht ertragen konnte. Da war noch etwas anderes, aber das erfährt man nicht, wenn man das Bild verbrennt, ohne hinzusehen. Ich taumelte mit der Machete, die ich hier von der Wand genommen hatte, in ihr Zimmer und ließ Frank immer noch bewusstlos zurück. Er atmete aber noch, und ich wusste und dankte dem Himmel, dass ich ihn nicht getötet hatte.'«

»'Ich fand sie vor dem Spiegel, wie sie diese verfluchten Zöpfe flocht. Sie schaute mich an wie ein wildes Tier und begann, ihren Hass auf Marsh auszuspucken. Die Tatsache, dass sie in ihn verliebt gewesen war (und ich wusste, dass sie es war), machte es nur noch schlimmer.'«

»'Eine Minute lang konnte ich mich nicht rühren, und sie war kurz davor, mich völlig zu hypnotisieren. Dann erinnerte ich mich an das Bild, und der Bann war gebrochen. Sie sah das Licht in meinen Augen und muss auch die Machete bemerkt haben. Ich habe noch nie etwas gesehen, das so aussah wie sie damals. Sie sprang mit ausgefahrenen Krallen wie ein Leopard auf mich zu, aber ich war zu schnell. Ich schwang die Machete, und alles war vorbei. Denis musste erneut innehalten, und ich sah, wie ihm der Schweiß durch die Blutspritzer über die Stirn lief. Aber nach einer Weile sprach er mit heiserer Stimme weiter.'«

»'Ich sagte mir, dass alles vorbei sei, aber Gott!, manches hatte gerade erst begonnen! Ich fühlte mich, als hätte ich gegen die Legionen Satans gekämpft und meinen Fuß auf den Rücken dessen gesetzt, was ich vernichtet hatte. Dann sah ich, wie sich der furchtbare Zopf aus groben schwarzen Haaren von selbst zu drehen und zu winden begann. Ich hätte es wissen können. Es stand alles in den alten Geschichten. Dieses verdammte Haar hatte ein Eigenleben, das nicht dadurch beendet werden konnte, indem man die Kreatur selbst tötete. Ich wusste, dass ich es verbrennen musste, also begann ich, es mit der Machete abzuhacken. Gott, war das eine Teufelsarbeit! Zäh wie Eisendraht, aber ich schaffte es. Und es war abscheulich, wie sich der große Zopf in meinem Griff wand und zappelte'.«

»'Ungefähr in dem Moment, als ich die letzte Strähne abgeschnitten hatte, hörte ich das unheimliche Heulen hinter dem Haus. Es ist immer noch da, es kommt und geht. Ich weiß nicht, was es ist, aber es muss etwas sein, das von dieser höllischen Sache herrührt. Es scheint etwas zu sein, das ich kennen sollte, aber nicht genau zuordnen kann.'«

»'Es ging mir an die Nerven, als ich es das erste Mal hörte. Vor Schreck ließ ich den abgetrennten Zopf fallen und bekam einen noch größeren Schreck, denn in einer weiteren Sekunde hatte sich der Zopf gegen mich gewandt und begann, mit einem seiner Enden, das sich zu einer Art groteskem Kopf verknotet hatte, giftig auf mich loszugehen. Ich schlug mit der Machete zu, und er wich zurück. Als ich wieder zu Atem gekommen war, sah ich, dass das monströse 'Ding' wie eine große schwarze Schlange über den Boden kroch.'«

»'Einen Moment lang war ich wie gelähmt, aber als er durch die Tür verschwand, konnte ich mich zusammenreißen und ihm nachstolpern und der breiten, blutigen Spur folgen, und ich sah, dass sie nach oben führte. Sie brachte mich hierher – und der Himmel möge mich verfluchen, wenn ich nicht durch die Türöffnung sah, wie er, wie eine wahnsinnige Klapperschlange, auf den armen, benommenen Marsh losging, so wie er auf mich losgegangen war, und sich dann wie eine Python um ihn wickelte.'«

»'Er kam gerade zu sich, aber dieses abscheuliche Schlangenwesen hatte ihn erwischt, bevor er auf den Beinen war. Ich wusste, dass der ganze Hass dieser Frau dahinter steckte, aber ich hatte nicht die Kraft, es wegzuziehen. Ich versuchte es, aber es war zu viel für mich. Selbst die Machete taugte nichts, ich konnte sie nicht frei schwingen, sonst hätte sie Frank mit in Stücke gehauen.«

»Ich sah, wie sich diese monströsen Windungen zusammenzogen – ich sah, wie der arme Frank vor meinen Augen zu Tode gequetscht wurde – und die ganze Zeit über kam von irgendwo jenseits der Felder dieses furchtbare, leise Heulen.'«

»'Das ist alles. Ich habe das Samttuch über das Bild gezogen, und ich hoffe, dass es nie wieder abgenommen wird. Das 'Ding' muss verbrannt werden.'«

»'Ich konnte den Schlangenarm nicht von dem armen, toten Frank wegnehmen – er hing an ihm wie ein Blutegel und schien seine Beweglichkeit völlig verloren zu haben. Es ist, als hätte dieser zur Schlange gewordene Haarstrang eine Art perverse Vorliebe für den Mann, den er getötet hat – er klammerte sich an ihn, umschlang ihn.'«

»'Du wirst den armen Frank mit ihm verbrennen müssen – aber vergiss um Gottes willen nicht, dich zu überzeugen, dass alles zu Asche geworden ist! Das und das Bild. Sie müssen beide verschwinden. Die Sicherheit der Welt verlangt, dass sie verschwinden!'«

»Denis hätte mir noch mehr zuflüstern können, aber ein erneutes, fernes Wehklagen unterbrach uns, doch jetzt erkannten wir zum ersten Mal, was es war, denn ein westlicher Drehwind brachte uns endlich deutliche Worte.«

»Wir hätten es schon längst wissen müssen, denn ähnliche Geräusche waren schon oft aus derselben Quelle gekommen. Es war die runzlige Sophonisba, die alte Zulu-Hexenfrau, die Marceline vergöttert hatte, und die in ihrer Hütte in einer Weise weinte, die dem Schrecken dieser albtraumhaften Tragödie die Krone aufsetzte.«

»Wir konnten beide einige der Dinge hören, die sie heulte, und wussten, dass geheime und innige Bande diese wilde Zauberin mit der anderen Erbin der Geheimnisse der Ältesten verbanden, die gerade ausgelöscht worden war. Einige der Worte, die sie benutzte, verrieten ihre Nähe zu dämonischen Traditionen.«

»Iä! Iä! Shub-Niggurath! Ya-R'lyeh! N'gagi n'bulu bwana n'lolo! Ya, yo, arm Missy Tanit, arm Missy Isis! Massa Clooloo, komm aus Wasser und holen dein Kind – sie sein tot! Sie sein tot! Sie haben keine Missus mehr, Massa Clooloo. Alte Sophy, es weiß. Alte Sophy, sie hat schwarzen Stein aus große Simbabwe im alten Affriky geholt. Alte Sophy hat getanzt im Mondschein um Krokodilstein, bevor N'bangus haben sie an Leute von Schiff. Nix mehr Tanit! Nix mehr Isis! Nix mehr Hexenfrau, machen Feuer in große Steinhaus ! Ya, yo! N'gagi 'bulu bwana m'lolo! Iä! Shub-Niggurath! Sie tot! Alt Sophy weiß!«

»Das war noch nicht das Ende des Heulens, aber es war alles, worauf ich achten konnte. Der Gesichtsausdruck meines Jungen verriet, dass er sich an etwas Schreckliches erinnerte, und die Art, wie er die Machete umklammerte, verhieß nichts Gutes. Ich wusste, dass er verzweifelt war, und sprang auf, um ihn zu entwaffnen, bevor er noch mehr anrichten konnte.«

»Aber es war zu spät. Ein alter Mann mit einer kaputten Wirbelsäule ist körperlich nicht mehr viel wert. Es gab einen Kampf, aber bevor viele Sekunden vergangen waren, hatte er sich selbst getötet. Ich bin mir nicht sicher, ob er auch versucht hat, mich zu töten, denn seine letzten keuchenden Worte sprachen von der Notwendigkeit, alles auszulöschen, was jemals mit Marceline verbunden war, entweder durch Blut oder durch Heirat.«

»Ich wundere mich noch heute, dass ich in diesem oder den folgenden Augenblicken und Stunden danach nicht völlig verrückt geworden bin. Vor mir lag der tote Körper meines Jungen, des einzigen Menschen, den ich verehrte, und zehn Fuß entfernt, vor der verhüllten Staffelei, lag der Körper seines besten Freundes, um den sich ein unbeschreibliches Band des Grauens wickelte. Darunter lag die skalpierte Leiche dieses Ungeheuers, und ich war fast bereit, alle Geschichten über sie zu glauben.«

»Ich war zu benommen, um die Glaubhaftigkeit der Geschichte mit den Haaren kritisch zu untersuchen, doch selbst wenn ich es nicht gewesen wäre, hätte das unheimliche Heulen aus Tante Sophys Hütte genügt, um meine Zweifel zu zerstreuen.«

»Ich hätte das tun sollen, was der arme Denis mir gesagt hat, und das Bild und die Haarlocke, die den Körper umschlang, sofort und ohne Fragerei verbrannt – aber ich war zu erschüttert, um mich klug zu verhalten.«

»Ich glaube, ich murmelte törichte Dinge über meinen Jungen – und dann erinnerte ich mich daran, dass es schon spät in der Nacht war und die Bediensteten am Morgen zurückkommen würden. Es war klar, dass so etwas niemals erklärt werden konnte, und ich wusste, dass ich die Dinge verbergen und eine Geschichte erfinden musste.«

»Die Haarlocke, die Marsh umgab, war etwas Ungeheuerliches. Ich traute mich nicht, sie anzufassen, und je länger ich sie betrachtete, desto schrecklichere Dinge fielen mir an ihr auf. Eine Sache machte mir Angst. Ich werde es nicht erwähnen, aber es erklärte zum Teil die Notwendigkeit, das Haar mit seltsamen Ölen zu füttern, wie Marceline es immer getan hatte.«

»Schließlich beschloss ich, die drei Leichen im Keller zu begraben, mit gebranntem Kalk, von dem ich wusste, dass wir ihn im Lager hatten.«

»Es war eine Nacht höllischer Arbeit. Ich hob drei Gräber aus – das meines Jungen weit entfernt von den beiden anderen, weil ich nicht wollte, dass er in der Nähe der Leiche der Frau oder ihrer Haare liegt.«

»Es tat mir leid, dass ich den armen Marsh nicht von der Locke befreien konnte. Es war furchtbar anstrengend, sie alle in den Keller zu bringen. Ich brauchte Decken, um die Frau und den armen Teufel mit der Locke um ihn herum zu transportieren. Dann musste ich noch zwei Fässer Kalk aus dem Lager holen. Gott muss mir Kraft gegeben haben, denn ich habe sie nicht nur beide bewegt, sondern auch problemlos genügend davon in alle drei Gräber geschüttet.«

»Einen Teil des Kalks habe ich als Tünche verwendet. Ich musste auf eine Trittleiter steigen, um die Decke des Zimmers zu überstreichen, wo das Blut durchgesickert war.«

»Und ich habe fast alles in Marcelines Zimmer verbrannt, die Wände, den Boden und die schweren Möbel geschrubbt. Ich reinigte auch das Atelier auf dem Dachboden und entfernte die Spuren und Fußabdrücke, die dorthin geführt hatten.«

»Und die ganze Zeit über hörte ich in der Ferne das Wimmern der alten Sophy. Der Teufel muss in dieser Kreatur stecken, dass er ihre Stimme so weitermachen lässt. Aber sie heulte immer schon so komische Dinge, deshalb waren die schwarzen Feldarbeiter in dieser Nacht weder erschrocken noch neugierig. Ich schloss die Tür des Ateliers ab und nahm den Schlüssel mit in mein Zimmer. Dann verbrannte ich alle meine befleckten Kleider im Kaminfeuer. Im Morgengrauen sah das ganze Haus vollkommen normal aus, soweit man das mit bloßem Auge erkennen konnte. Ich hatte mich nicht getraut, die abgedeckte Staffelei anzufassen, aber das wollte ich später nachholen.«

»Am nächsten Tag kamen die Bediensteten zurück, und ich erzählte ihnen, dass alle jungen Leute nach St. Louis gegangen waren. Keiner der Feldarbeiter schien etwas gesehen oder gehört zu haben, und die alte Sophonisba hatte bei Sonnenaufgang aufgehört zu jammern. Danach war sie wie eine Sphinx und verlor kein Wort mehr über das, was sie am Tag und in der Nacht zuvor in ihrem grüblerischen Hexenhirn beschäftigt hatte.«

»Später gab ich vor, Denis, Marsh und Marceline seien nach Paris zurückgekehrt, und ließ mir von einer gewissen diskreten Agentur Briefe von dort schicken, die ich in gefälschter Handschrift verfasst hatte. Ich ließ den Tod von Marsh und Denis während des Krieges melden und behauptete später, Marceline sei in ein Kloster eingetreten. Glücklicherweise war Marsh ein Waisenkind, dessen exzentrisches Verhalten ihn von seinen Leuten in Louisiana entfremdet hatte. Die Dinge wären viel besser für mich gelaufen, wenn ich den Verstand gehabt hätte, das Bild zu verbrennen, die Plantage zu verkaufen und den Versuch aufzugeben, die Dinge mit einem erschütterten und überforderten Geist zu regeln.«

»Sie sehen, wohin mich meine Torheit geführt hat. Schlechte Ernten, einen entlassenen Arbeiter nach dem anderen, der Ort verfällt, und ich bin ein Einsiedler und Zielscheibe für Dutzende von seltsamen Geschichten auf dem Land. Nach Einbruch der Dunkelheit kommt niemand mehr hierher – und auch zu keiner anderen Zeit, wenn es sich vermeiden lässt. Deshalb wusste ich auch sofort, dass Sie ein Fremder sein müssen.«

»Und warum bleibe ich hier? Das kann ich Ihnen nicht genau sagen. Es ist zu sehr mit Dingen verbunden, die am Rande der normalen Realität liegen. Es wäre vielleicht nicht so, wenn ich das Bild nicht gesehen hätte. Ich hätte tun sollen, was der arme Denis mir sagte. Ich wollte es wirklich verbrennen, als ich eine Woche nach dem Schrecken in das verschlossene Atelier ging, aber ich habe es mir zuerst angesehen – und das hat alles verändert.«

»Nein – es hat keinen Sinn zu sagen, was ich gesehen habe. Sie können es jetzt gewissermaßen selbst sehen, obwohl die Zeit und die Feuchtigkeit ihre Arbeit getan haben. Ich glaube nicht, dass es Ihnen schaden kann, wenn Sie einen Blick darauf werfen, aber bei mir war es anders. Ich wusste zu viel von dem, was das alles bedeutet.«

»Denis hatte recht – es war der größte Triumph menschlicher Malkunst seit Rembrandt, auch wenn das Bild noch unvollendet war. Er hatte das von Anfang an verstanden und wusste, dass der arme Marsh damit seine dekadente Philosophie gerechtfertigt hatte. Er war für die Malerei das, was Baudelaire für die Poesie war, und Marceline war der Schlüssel, der sein innerstes Genie aufgeschlossen hatte.«

»Das 'Ding' hat mir die Sprache verschlagen, als ich die Vorhänge beiseitezog – ich war verblüfft, bevor ich nur ahnte, was das Ganze war. Es ist nur zum Teil ein Porträt. Marsh hat es ziemlich wörtlich genommen, als er andeutete, dass er nicht Marceline allein malte, sondern das, was er durch sie und über sie hinaus sah.«

»Natürlich war sie dabei – sie war gewissermaßen der Schlüssel dazu – aber ihre Gestalt bildete nur einen Teil in einer riesigen Komposition. Sie war nackt, abgesehen von dem abscheulichen Haarkranz, der sie umgab, und saß halb sitzend, halb liegend auf einer Art Bank oder Diwan, der mit Mustern verziert war, die in keiner bekannten dekorativen Tradition vorkommen. In der einen Hand hielt sie einen monströs geformten Kelch, aus dem eine Flüssigkeit floss, deren Farbe ich bis heute nicht zuordnen konnte.«

»Die Gestalt und der Diwan befanden sich im linken Vordergrund der seltsamsten Szene, die ich je in meinem Leben gesehen habe. Ich glaube, es gab eine schwache Andeutung, dass das alles eine Art Aussendung des Gehirns der Frau war, aber es gab auch eine direkt entgegengesetzte Andeutung – als ob sie nur ein böses Bild oder eine Halluzination wäre, die von der Szene selbst heraufbeschworen wurde.«

»Ich kann Ihnen jetzt nicht sagen, ob es sich um eine Außen- oder eine Innenansicht handelt, ob diese höllischen Zyklopengewölbe von außen oder von innen zu sehen sind, ob sie wirklich aus Stein gemeißelt sind und nicht nur ein morbider Pilzbewuchs. Die Geometrie des Ganzen ist verrückt – die spitzen und stumpfen Winkel sind durcheinandergebracht.«

»Und mein Gott! Die albtraumhaften Gestalten, die in dieser ewigen dämonischen Dämmerung umherschweben! Die Gotteslästerer, die lauern und lüstern sind und einen Hexensabbat feiern, mit dieser Frau als Hohepriesterin! Die schwarzen zotteligen Kreaturen, die nicht ganz Ziegen sind – das krokodilköpfige Ungeheuer mit drei Beinen und einer

Reihe von Tentakeln auf dem Rücken und die flachnasigen Ägypter, die nach einem Muster tanzen, das schon die ägyptischen Priester kannten und verflucht nannten!«

»Aber der Schauplatz war nicht Ägypten – er lag hinter Ägypten, sogar hinter Atlantis, hinter dem sagenhaften Mu und dem von Mythem umgebenen Lemuria. Es war die ultimative Quelle allen Grauens auf dieser Erde, und die Symbolik zeigte nur zu deutlich, wie sehr Marceline ein Teil davon war. Ich glaube, es muss das unaussprechliche R'lyeh sein, das von keinem Geschöpf unseres Planeten erbaut wurde – das 'Ding', über das Marsh und Denis im Schatten mit gedämpfter Stimme zu sprechen pflegten. Auf dem Bild scheint die ganze Szene tief unter Wasser zu sein, obwohl alle frei zu atmen scheinen.«

»Nun, ich konnte nichts anderes tun, als hinzuschauen und zu schaudern, und schließlich sah ich, dass Marceline mich mit diesen monströsen geweiteten Augen auf der Leinwand listig beobachtete.«

»Es war keine bloße Einbildung – Marsh hatte tatsächlich etwas von ihrer schrecklichen Vitalität in seinen Symphonien aus Linien und Farben eingefangen, sodass sie immer noch etwas ausbrütete und starrte und hasste, gerade so, als wäre der größte Teil von ihr nicht unten im Keller unter Branntkalk begraben. Und das Schlimmste war, als sich einige dieser von Hekate geborenen, schlangenartigen Haarsträhnen sich von der Oberfläche zu heben begannen und durch den Raum auf mich zukamen!«

»Da wurde mir bewusst, dass ich die letzte Stufe des Grauens erreicht hatte, dass ich für immer ein Wächter und ein Gefangener war. Sie war das 'Ding', dem die ersten düsteren Legenden von Medusa und den Gorgonen entsprungen waren, und etwas in meinem erschütterten Willen war gefangen für immer zu Stein geworden.«

»Nie wieder würde ich vor diesen sich windenden Strängen sicher sein – den Strängen auf dem Bild und denen, die unter dem Kalk in der Nähe der Weinfässer brüteten. Allzu spät erinnerte ich mich an die Erzählungen von der Unzerstörbarkeit der Haare der Toten, selbst nach Jahrhunderten der Bestattung.«

»Seitdem besteht mein Leben aus nichts als Schrecken und Unfreiheit. Immer lauerte die Angst vor dem, was unten im Keller brütet. In weniger als einem Monat begannen die Neger über die große schwarze Schlange zu tuscheln, die nach Einbruch der Dunkelheit in der Nähe der Weinfässer herumkroch, und über die seltsame Art, wie ihre Spur zu einer anderen Stelle führte, die sechs Fuß entfernt war. Schließlich musste ich alles in einen anderen Teil des Kellers verlegen, denn kein einziger Neger ließ sich dazu bewegen, sich der

Stelle zu nähern, an der die Schlange gesehen worden war.«

»Dann begannen die Feldarbeiter über die schwarze Schlange zu sprechen, die immer nach Mitternacht die Hütte der alten Sophonisba besuchte.«

»Einer von ihnen zeigte mir ihre Spur, und wenig später erfuhr ich, dass Tante Sophy selbst begonnen hatte, dem Keller des großen Hauses seltsame Besuche abzustatten, stundenlang dort zu verweilen und zu murmeln, wo keiner der anderen Schwarzen hinwollte.«

»Gott, war ich froh, als die alte Hexe starb! Ich glaube wirklich, dass sie eine Priesterin einer uralten und schrecklichen afrikanischen Tradition war. Sie muss an die einhundertfünfzig Jahre alt geworden sein.«

»Manchmal glaube ich, dass ich nachts etwas im Haus herumgleiten höre. Auf der Treppe, wo die Bretter lose sind, macht es ein seltsames Geräusch, und der Riegel meines Zimmers klappert, als würde er nach innen gedrückt. Natürlich halte ich meine Tür immer verschlossen.«

»Dann, an manchen Morgen, rieche ich einen üblen, modrigen Geruch in den Gängen und finde eine schwache, klebrige Spur im Staub des Bodens.«

»Ich weiß, dass ich das Haar auf dem Bild bewachen muss, das es dortbleiben muss, denn wenn ihm etwas zustoßen würde, gäbe es in diesem Haus Wesenheiten, die sich mit Sicherheit und auf schreckliche Weise rächen würden.«

»Ich wage nicht einmal zu sterben, denn Leben und Tod sind eins für diejenigen, die in den Fängen dessen sind, was aus R'lyeh kam. Etwas wäre zur Stelle, um meine Unachtsamkeit zu bestrafen. Medusas Haar hat mich gefangen, und so wird es immer sein. Kommen Sie dem geheimen und letzten Schrecken nie in die Quere, junger Mann, wenn Ihnen ihre unsterbliche Seele etwas wert ist.«

»Als der alte Mann seine Erzählung beendete, sah ich, dass die kleine Petroleumlampe längst erloschen und die große fast leer war. Ich wusste, dass es bald dämmern würde, und meine Ohren sagten mir, dass der Sturm vorüber war.«

»Die Geschichte hatte mich im halb wach gehalten, und ich fürchtete mich fast, einen Blick auf die Tür zu werfen, um nicht durch irgendeine Quelle hineingezogen zu werden. Es ist schwer zu sagen, was mich mehr fesselte: blankes Entsetzen, Ungläubigkeit oder eine Art krankhafter, fantastischer Neugier. Ich war völlig sprachlos und musste warten, bis mein seltsamer Gastgeber den Bann brach.«

»Wollen Sie das 'Ding' sehen?«

Seine Stimme war sehr leise und zögernd, und ich sah, dass er es ernst meinte. Von meinen verschiedenen Gefühlen gewann die Neugier die Oberhand, und ich nickte stumm. Er stand auf, zündete eine Kerze an, die auf einem Tisch in der Nähe stand, und hielt sie hoch vor sich, während er die Tür öffnete.

»Kommen Sie mit mir – nach oben.«

Ich fürchtete mich davor, wieder durch diese muffigen Gänge zu gehen, aber die Faszination überwog alle meine Bedenken. Die Dielen knarrten unter unseren Füßen, und einmal zitterte ich, als ich glaubte, im Staub neben der Treppe eine schwache, schlangenartige Linie zu sehen.

Die Stufen zum Dachboden hinauf waren laut und wackelig, und einige davon fehlten. Ich war froh, dass ich auf meine Füße achten musste, denn so hatte ich einen Grund, mich nicht umzusehen.

Der Korridor auf dem Dachboden war stockdunkel, stark mit Spinnweben verhangen und zentimeterdick verstaubt, bis auf einen ausgetretenen Pfad, der zu einer Tür auf der linken Seite am anderen Ende führte.

Als ich die verrottenden Überreste eines dicken Teppichs bemerkte, dachte ich an die anderen Füße, die in den vergangenen Jahrzehnten darauf getreten waren – an diese und an ein 'Ding', das keine Füße hatte.

Der alte Mann führte mich geradewegs zur Tür am Ende des ausgetretenen Weges und fummelte kurz an der rostigen Klinke herum. Ich hatte wirklich Angst, da ich wusste, dass das Bild nun so nahe war, aber ich wagte es nicht, mich zurückzuziehen. In nächsten Moment geleitete mich mein Gastgeber in das verlassene Atelier.

Das Kerzenlicht war recht schwach, zeigte aber die meisten wichtigen Merkmale. Ich bemerkte das niedrige, schräge Dach, die riesige, vergrößerte Gaube, die Kuriositäten und Trophäen an den Wänden und vor allem die große, verhüllte Staffelei in der Mitte des Zimmers.

Zu dieser Staffelei ging de Russy nun hin, zog die staubigen Samtvorhänge an der mir abgewandten Seite beiseite und winkte mich leise heran.

Es kostete mich viel Mut, zu gehorchen, besonders als ich sah, wie sich die Augen meines Führers im flackernden Kerzenlicht weiteten, als er die unverhüllte Leinwand betrachtete. Aber wieder siegte die Neugier, und ich ging zu der Stelle, an der de Russy stand. Dann sah ich das verdammte 'Ding'.

Ich bin nicht in Ohnmacht gefallen, obwohl sich kein Leser vorstellen kann, welche Anstrengung es mich gekostet hat, es nicht zu tun. Ich stieß einen Schrei aus, hielt aber inne, als ich den erschrockenen Gesichtsausdruck des alten Mannes sah. Wie ich erwartet hatte, war die Leinwand durch Feuchtigkeit und Vernachlässigung verzogen, schimmelig und fragil, aber dennoch konnte ich die monströsen Andeutungen einer bösen kosmischen Außenwelt erkennen, die in dem morbiden Inhalt und der pervertierten Geometrie der namenlosen Szene lauerten.

Ich stieß einen Schrei aus, hielt aber inne, als ich den erschrockenen Gesichtsausdruck des alten Mannes sah. Wie ich erwartet hatte, war die Leinwand durch Feuchtigkeit und Vernachlässigung verformt, schimmelig und schorfig, aber ich konnte dennoch die monströsen Andeutungen einer bösen kosmischen Außenwelt erkennen, die in dem morbiden Inhalt und der pervertierten Geometrie der unbeschreiblichen Szene lauerten.

Es war, wie der alte Mann gesagt hatte: Eine gewölbte, säulenreiche Hölle, in der sich Schwarze Messen und Hexensabbate mischten, und was die Vollendung dem Bild noch hätte hinzufügen können, lag jenseits meiner Vorstellungskraft.

Der Verfall hatte die Abscheulichkeit seiner bösen Symbolik und seiner unheilvollen Anspielungen nur noch verstärkt, denn die Teile des Bildes, die am meisten von der Zeit gezeichnet waren, waren genau die Teile, die in der Natur – oder in jenem außerkosmischen Reich, das die Natur verhöhnte – wahrscheinlich gleichermaßen verfallen oder zerfallen würden.

Der größte Schrecken von allen war natürlich Marceline; und als ich ihr aufgedunsenes, verfärbtes Fleisch sah, kam mir der seltsame Gedanke, dass die Gestalt auf der Leinwand vielleicht in irgendeiner dunklen, okkulten Verbindung mit der Gestalt hatte, die im Branntkalk unter dem Kellerboden lag. Vielleicht hatte der Kalk den Leichnam konserviert, anstatt ihn zu zerstören – aber konnte er auch diese schwarzen, bösartigen Augen konservieren, die mich aus ihrer gemalten Hölle heraus anstarrten und verhöhnten?

Und da war noch etwas anderes an diesem Geschöpf, das ich nicht übersehen konnte – etwas, das de Russy nicht in Worte zu fassen vermochte, das aber vielleicht etwas mit Denis' Wunsch zu tun hatte, all jene ihres Blutes zu töten, die mit ihr unter einem Dach gelebt hatten.

Ob Marsh es wusste oder ob nur das Genie in ihm es malte, ohne dass er es wusste, konnte niemand sagen. Aber Denis und sein Vater konnten es nicht wissen, bis sie das Bild sahen.

Aber alles wurde in seinem Schrecken von dem wallenden schwarzen Haar übertroffen, das den zerfallenden Körper bedeckte, aber selbst nicht einmal leicht verwest zu sein schien. Alles, was ich darüber gehört hatte, bestätigte sich voll und ganz. Es war nichts Menschliches an diesem krausen, gewundenen, halb öligen, halb zerknitterten Strom schlangenartiger Finsternis. In jeder unnatürlichen Drehung und

Windung verkündete sich abscheuliches, selbstständiges Leben, und die Andeutung unzähliger Reptilienköpfe an den nach außen gebogenen Enden war viel zu deutlich, um illusorisch oder zufällig zu sein.

Das gotteslästerliche 'Ding' hielt mich fest wie ein Magnet. Ich war hilflos und wunderte mich nicht über den Mythos vom Blick der Gorgone, der alle Betrachter zu Stein werden ließ.

Dann glaubte ich, eine Veränderung in dem 'Ding' zu sehen. Die höhnischen Züge bewegten sich merklich, und die dicken, tierähnlichen Lippen entblößten eine Reihe spitzer gelber Fangzähne. Die Pupillen der teuflischen Augen weiteten sich, und die Augen selbst schienen sich nach außen zu wölben. Und das Haar – dieses verfluchte Haar! Es hatte zu rascheln und sich spürbar zu wellen begonnen, die Schlangenköpfe drehten sich alle zu de Russy hin und vibrierten, als wollten sie zuschlagen!

Völlig von der Vernunft verlassen, und bevor ich wusste, was ich tat, zog ich meinen Revolver und schickte sechs stahlummantelte Kugeln durch die abstoßende Leinwand.

Das ganze 'Ding' fiel sofort in Stücke, sogar der Rahmen kippte von der Staffelei und fiel auf den staubbedeckten Boden. Aber obwohl dieser Schrecken vernichtet war, stand nun ein anderer vor mir, und zwar in Gestalt von de Russy selbst, dessen wahnsinniges Gebrüll, als er das Bild verschwinden sah, fast so schrecklich war wie das Bild selbst.

Mit einem halb herausgepressten Schrei »Gott, jetzt haben Sie es getan!«, packte mich der verzweifelte alte Mann heftig am Arm und begann, mich aus dem Zimmer und die wackelige Treppe hinunterzuzerren. In seiner Panik hatte er die Kerze fallen lassen, aber es dämmerte schon, und ein schwaches Licht drang durch die staubbedeckten Fenster. Ich stolperte und stolperte, aber mein Begleiter verlangsamte nicht einen Moment lang sein Tempo.

»Laufen Sie!«, schrie er, »laufen Sie um ihr Leben! Sie wissen nicht, was Sie getan haben! Ich habe Ihnen nie alles erzählt! Es gab Dinge, die ich tun musste – das Bild sprach zu mir und sagte es mir. Ich musste es hüten und bewahren – jetzt wird das Schlimmste passieren! Sie und dieses Haar werden aus ihren Gräbern auferstehen, und Gott weiß, zu welchem Zweck!«

»Mann, beeilen Sie sich! Um Gottes willen lassen Sie uns von hier verschwinden, solange noch Zeit ist. Wenn Sie ein Auto haben, nehmen Sie mich mit nach Cape Girardeau. Vielleicht erwischt es mich am Ende doch noch, egal wo, aber ich werde mich wehren. Raus hier – schnell!«

Als wir das Erdgeschoss erreichten, hörte ich ein langsames, seltsames Klopfen von der Rückseite des Hauses, gefolgt von dem Geräusch einer sich schließenden Tür. De Russy hatte das Klopfen nicht gehört, aber das andere Geräusch drang an sein Ohr und entlockte ihm den schrecklichsten Schrei, der je aus einer menschlichen Kehle ertönte.

»Oh, Gott – großer Gott – das war die Kellertür – sie kommt –– «

Inzwischen kämpfte ich verzweifelt mit dem rostigen Riegel und den durchhängenden Scharnieren der großen Eingangstür – und war fast so verzweifelt wie mein Gastgeber, denn ich hörte die langsamen, dumpfen Schritte, die sich aus den unbekannten hinteren Räumen des verfluchten Hauses näherten. Der nächtliche Regen hatte die Eichenbohlen verzogen, und die schwere Tür klemmte und sperrte sich noch mehr als am Abend zuvor, als ich mir gewaltsam Zutritt verschafft hatte.

Irgendwo knarrte ein Brett unter dem Fuß von dem, was auch immer da lief, und das Geräusch schien dem armen alten Mann den letzten Rest von Verstand zu rauben. Mit dem Brüllen eines wahnsinn gewordenen Stiers riss er sich von mir los und stürzte nach rechts durch die offene Tür eines Raumes, der früher einmal ein Salon gewesen sein musste. Eine Sekunde später, als ich gerade die Vordertür geöffnet hatte und zur Flucht ansetzte, hörte ich das Klirren von Glas und wusste, dass er durch ein Fenster gesprungen war. Und als ich von der herunterhängenden Veranda sprang, um die lange, mit Unkraut bewachsene Auffahrt hinunterzurennen, glaubte ich das Geräusch dumpfer, beharrlicher Schritte zu hören, die mir nicht folgten, sondern schwerfällig durch die Tür des spinnwebenverhangenen Salons drangen.

Ich blickte nur zweimal zurück, als ich in der grauen Blässe einer wolkenverhangenen Dämmerung im November kopflos durch das Gestrüpp dieser verlassenen Allee rannte, vorbei an den sterbenden Linden und den grotesken Stieleichen.

Als mir zum ersten Mal ein beißender Geruch in die Nase stieg, dachte ich an die Kerze, die de Russy im Atelier auf dem Dachboden hatte fallen lassen. Inzwischen befand ich mich in der Nähe der Straße, auf einer Anhöhe, von der aus das Dach des fernen Hauses über den Bäumen deutlich zu sehen war, und wie erwartet stiegen dicke Rauchwolken aus den Dachluken in den bleiernen Himmel. Ich dankte den Mächten der Schöpfung, dass ein uralter Fluch durch das Feuer gereinigt und von der Erde getilgt werden sollte.

Aber im nächsten Augenblick kam dieser zweite Blick von mir zurück, wo ich zwei andere Dinge sah – Dinge, die den größten Teil der Erleichterung zunichtemachten und mir einen gewaltigen Schock versetzten, von dem ich mich nie wieder erholen werde.

Ich sagte, dass ich mich auf einem erhöhten Teil der Auffahrt befand, von dem aus ich einen großen Teil der Plantage hinter mir sehen konnte. Dieser Blick umfasste nicht nur das Haus mit seinen Bäumen, sondern auch einen Teil des verlassenen und teilweise überschwemmten flachen Landes neben dem Fluss und mehrere Kurven der mit Unkraut überwucherten Straße, die ich so eilig überquert hatte.

An den beiden letztgenannten Orten boten sich mir Anblicke – oder vermeintliche Anblicke – die ich nur allzu gern vergessen würde.

Es war ein schwacher, entfernter Schrei, der mich dazu veranlasste, mich wieder umzudrehen, und als ich das tat, nahm ich Bewegungen auf der mattgrauen, sumpfigen Ebene beim Haus wahr.

Auf diese Entfernung sind menschliche Gestalten sehr klein, aber ich glaubte, dass die Bewegung sich in zwei Gestalten auflöste, Verfolger und Verfolgter.

Ich glaubte sogar, zu sehen, wie die dunkel gekleidete Gestalt, die davonlief, von der kahlköpfigen, nackten Gestalt hinter ihr überholt und gepackt wurde - überholt, gepackt und gewaltsam in Richtung des nun brennenden Hauses gezerrt.

Aber ich konnte das Ende nicht sehen, denn sofort drängte sich eine nähere Vision auf – eine Andeutung von Bewegung im Unterholz ein Stück zurück, entlang der verlassenen Einfahrt. Das Unkraut, die Büsche und Dornensträucher bewegten sich, wie kein Wind sie bewegen könnte, als ob eine große, schnelle Schlange sich zielstrebig am Boden entlang schlängelte, um mich zu verfolgen.

Ich hielt es nicht mehr aus. Ohne Rücksicht auf zerrissene Kleider und blutende Schürfwunden kletterte ich wie ein Verrückter über das Tor und sprang in den Roadster, der unter dem großen immergrünen Baum geparkt war. Er bot einen schmutzigen, regennassen Anblick, aber die Mechanik war intakt, und ich hatte keine Mühe, den Wagen zu starten.

Ich fuhr blind in die Richtung, in die das Auto zeigte. Ich hatte nichts anderes im Sinn, als von diesem schrecklichen Ort der Albträume und Dämonen zu fliehen – so schnell und so weit, wie das Benzin mich bringen konnte.

Etwa drei oder vier Meilen entlang der Straße begrüßte mich ein Farmer – ein freundlicher, langhaariger Mann mittleren Alters und mit einem recht gesunden Menschenverstand.

Ich war froh, anhalten zu können, und fragte nach dem Weg, obwohl ich wusste, dass ich einen seltsamen Eindruck machen musste. Der Mann erklärte mir bereitwillig die Strecke nach Cape Girardeau und erkundigte sich, woher ich in einem solchen Zustand und zu so früher Stunde käme.

Ich hielt es für das Beste, wenig zu sagen, und erwähnte lediglich, dass ich vom nächtlichen Regen überrascht worden war und in einem nahe gelegenen Farmhaus Schutz gesucht hatte, nachdem ich mich auf der Suche nach meinem Auto im Unterholz verirrt hatte.

»In einem Farmhaus, was? Ich weiß nicht, wessen das sein könnte. Auf der anderen Seite von Jim Ferris' Haus steht nichts mehr bis Barker's Crick, und das sind gute zwanzig Meilen.«

Ich erschrak und fragte mich, was für ein neues Geheimnis sich dahinter verbergen würde, dann wollte ich von meinen Informanten wissen, ob er das große, verfallene Plantagenhaus übersehen habe, dessen altes Tor nicht weit von hier an der Straße lag.

»Komisch, dass Sie sich daran erinnern, Fremder! Das muss hier früher einmal gestanden haben. Aber das Haus ist nicht mehr da. Es ist vor fünf oder sechs Jahren niedergebrannt – und man hat sich seltsame Geschichten darüber erzählt.«

Ich zuckte zusammen.

»Sie meinen Riverside – das Anwesen des alten de Russy«, fuhr er fort. »Da ging vor fünfzehn oder zwanzig Jahren etwas Seltsames vor sich. Der Sohn des alten Mannes heiratete ein Mädchen aus dem Ausland, und einige Leute hielten sie für einen sehr seltsamen Typ. Sie mochten sie nicht. Dann sind sie und der Junge plötzlich weggelaufen, und später sagte der Alte, er sei im Krieg gefallen. Aber einige der Neger haben seltsame Dinge angedeutet. Schließlich ging das Gerücht um, dass der alte Mann sich selbst in das Mädchen verliebt und sie und den Jungen umgebracht hatte. Jedenfalls wurde das Haus von einer schwarzen Schlange heimgesucht, was auch immer das heißen mag.«

»Dann, vor fünf oder sechs Jahren, verschwand der alte Mann und das Haus brannte ab. Manche sagen, er sei selbst darin umgekommen. Es war an einem Morgen nach einer regnerischen Nacht wie dieser, als viele Leute ein schreckliches Geschrei über die Felder hinweg hörten, mit der Stimme des alten de Russy. Als sie stehen blieben und nachsahen, sahen sie, wie das Haus blitzschnell in Flammen aufging – das Haus war sowieso nur noch Zunder, Regen hin oder her. Niemand sah danach den alten Mann wieder, aber ab und zu erzählten sie von dem Gespenst der großen schwarzen Schlange, die umher kriecht.«

»Was halten Sie eigentlich davon? Sie scheinen den Ort zu kennen. Haben Sie nie von den de Russys gehört? Was war wohl das Problem mit dem Mädchen, das Denis geheiratet hat? Sie hat alle zum Zittern gebracht, aber man konnte nie sagen, warum.«

Ich versuchte, nachzudenken, aber es war mir nicht mehr möglich. Das Haus ist vor Jahren abgebrannt? Wo und unter welchen Umständen hatte ich dann die Nacht verbracht? Und warum wusste ich, was ich über diese Dinge wusste?

Noch während ich nachdachte, bemerkte ich am Ärmel meines Mantels ein Haar – das kurze, graue Haar eines alten Mannes.

Schließlich fuhr ich weiter, ohne etwas zu sagen. Aber ich hatte zuvor angedeutet, dass der Klatsch dem armen alten de Russy, der so sehr gelitten hatte, unrecht tat. Ich gab zu verstehen, dass, wenn jemand an den Schwierigkeiten in Riverside schuld trug, es diese Frau war, Marceline, wie ich es von Freunden aufgrund authentischer Berichte erzählt bekommen habe. Sie passte nicht zu den Sitten in Missouri, sagte ich, und es sei eine Schande, dass Denis sie überhaupt geheiratet habe.

Mehr von der Geschichte habe ich nicht verraten, denn ich spürte, dass die de Russys mit ihrem ausgeprägten Ehrgefühl und ihrem hohen, empfindsamen Geist nicht gewollt hätten, dass ich mehr sage. Sie hatten weiß Gott genug ertragen, ohne dass das Land ahnte, welch ein Dämon aus der Grube gekommen war – welch eine Gorgone dieser gotteslästerlichen Alten – um ihren alten und makellosen Namen zur beschmutzen.

Es wäre auch nicht richtig, dass die Nachbarn das andere Grauen erfuhren, das mein seltsamer Gastgeber der Nacht mir nicht sagen konnte – jenes Grauen, das er ebenso wie ich aus den Einzelheiten des verlorenen Meisterwerks des armen Frank Marsh erfahren haben musste.

Es wäre zu abscheulich, wenn sie wüssten, dass die einstige Erbin von Riverside – die verfluchte Gorgone oder Lamia, deren hasserfülltes, krauses Schlangenhaar sich auch jetzt noch vampirartig um das Skelett eines Künstlers in einem kalkgefüllten Grab unter einem verkohlten Fundament windet – schwach, subtil und doch unverkennbar eine Nachfarin von Simbabwes ursprünglichsten Kriechern war. Kein Wunder also, dass sie eine Verbindung zu der alten Hexe Sophonisba besaß, denn Marceline, dieses abscheuliche, bestialische Wesen, hatte, wenn auch zu einem geringen Anteil, afrikanisches Blut in sich.